岩 波 文 庫

32-214-4

幸 福 の 探 求

— アビシニアの王子ラセラスの物語 —

サミュエル・ジョンソン作
朱 牟 田 夏 雄 訳

岩 波 書 店

Samuel Johnson

THE HISTORY OF RASSELAS, PRINCE OF ABYSSINIA

1759

目次

幸福の探求

——アビシニアの王子ラセラスの物語——

第一章　谷間の宮のたたずまい

空想の囁きに易々と耳傾け、希望の幻影を熱烈に追わむ輩、青春の望みは年長けて充たされむことを期し、今日の不足は明日補われむことを期する輩よ。アビシニアの王子、ラセラスが物語を聞きねかし。

ラセラスは強大な帝の第四子であった。この帝の領土内に「水の父」と呼ばれるナイル河は源を発し、この河の恵みが豊饒の流れを各地に注ぎ、ひいてはエジプトの収穫を世界の半ばに振りまくのであった。

熱帯地の帝王間に代々伝えられて来た習慣に従い、ラセラスは継承の順序来って王位に即くまでは、アビシニア王家の他の王子王女と共に、淋しき一王宮に閉じ籠められていた。

古人の叡智がアビシニアの王子たちの住居と定めた場所は、アムハラの王国（アムハラはアビシニア中心部の州の名。原文に王国とあり、それに従う）の広大な一渓谷で、四方に山を繞らし、その山々の頂きが中央の谷間を頭上からおおい隠さんばかりであった。谷に入る唯一の通路は巨巖の下を通る洞窟で、この洞窟が自然の工（たくみ）なるか人工の業（わざ）なるかについては、古来色々と論議された。洞窟の出口は密林に隠れ、谷に出る方の口は鉄の扉もて鎖（とざ）されていた。扉は古（いにしえ）の名工の手に鍛えられ、その重きことは、何人（なんぴと）といえども機械の助けなしにこれを開閉し得なかった。

　四方の山々からは小川が流れ下って全渓谷を緑の沃野（よくや）と化し、集まって中央に一つの湖となる。湖にはあらゆる種類の魚が棲（す）み、天性翼を水に浸（ひた）すことを知る各種の鳥が群れ遊んだ。余れる水は湖を出（い）でて一つの流れとなり、北側なる山の小暗（おぐら）き山峡に入ると思えば、凄（すさ）まじき響きを立てて絶壁より絶壁に落ち、果ては音も聞こえなくなる。

　山々は樹木に覆われ、小川の岸には色とりどりの花が咲く。風吹くごとに岩からは香料がこぼれ、来る月も来る月も地上には果実が落ちる。草を嚙（か）み灌木（かんぼく）の芽を食う獣類は、野生なるも飼われたるも皆この広闊（こうかつ）な平野をさまよい、周囲を限る山々に隔てられて猛獣の毒牙を知らない。ここには羊の群（むれ）牛馬の群が緑野に草食（は）めば、かなたには鹿狐の類（たぐい）が芝生に跳（は）ねる。活発な仔山羊（こやぎ）は巌上に踊り、狡猾（こうかつ）な猿は木に戯（たわむ）れ、重厚な象は木蔭（こかげ）にやすらう。この世にありとあらゆる物はここに集まり、自然の賜物（たまもの）で欠けたるはないが、よからぬ物は何一つ見あたらぬ。

広々として実り多きこの谷の住民は、生活の必需品に事欠かぬ上に、年ごとに帝が御子たちを訪れ給う時には、さらに好みの品、贅沢の品の数々が齎された。行幸の折は楽の音と共に鉄門が開かれ、八日の間は谷に住む者のことごとくが、何事にもあれ、独り居を愉快ならしめ、人目を惹くもののなきをうずめ、無聊を紛らわすよすがになる慰めを提供することが要求された。あらゆる望みが即座に叶えられ、祝宴に興を添えるためにはあらゆる芸界の名人が呼ばれる。楽人は妙なる音楽に力を揮い、舞踊手は王子らの前にその技を演じて、この至福なる配所に生涯を送らむものと期した。豪奢なる宴に新奇を添え得ると認められた技の持ち主のみがこの宮に止まることを許されたのである。世を去ってここに住めば身の安穏悦楽はさこそと思われて、初めてこの宮に入る者は皆この生活永遠に続けかしと願った。しかも鉄門を入っていったん扉閉じたる後は帰ることを許されなかったから、宮の生活が日を重ねて如何なる効果を生むかはうかがい知る術もない。かくして来る年も来る年も新しき悦楽の計画が立てられ、争って監禁を志願する者の数も尽きなかった。

　王宮は湖面を抜くこと三十歩ばかりなる丘の上にあった。宮は幾つかの方形なる館に分かれ、それぞれの建築はそこに住む者の身分に応じて壮麗の度を異にしていた。屋根は巨石の穹窿（きゅうりゅう）をなし、それを固める漆喰（しっくい）は年と共に固さを増した。建物は幾百年の齢（よわい）を経て夏冬の雨も春秋の颶風（ぐふう）も物かは、修繕の要とてもなかった。

　宮の広いことは、隈（くま）なく知る者とては宮の秘密を語り継ぎに伝えられた数名の古老の役人以外にはなく、その建築は「疑惑」の女神が設計図を口授したかと思われるばかりである。どの室（へや）にも公（おおやけ）の通路と秘密の通路とがあり、どの館も或（あ）るいは階上から秘かな廊下により或いは階下から地下の通路によって他のすべての館に通じていた。柱には思わぬ所に空洞を設けて、代々の王がそこに財宝を匿（かく）した。匿した後は大理石もて穴を塞（ふさ）ぎ、その石は王国危急の一大事でもなくば取り除き得ぬように仕掛けてあった。匿された高は帳簿に記録して、その帳簿は一の塔に隠し、塔には帝が世継ぎの御子を伴って入る外（ほか）は何人（なんぴと）も入れぬのであった。

第二章　幸いの谷に住むラセラスが不満

この宮にアビシニアの王子王女たちが住んでいた。知るものはただ愉楽と憩いとのわずかな移り変わりばかり、耳目(じもく)を喜ばすに巧みな多勢にかしずかれて、五官の楽しみという楽しみをほしいままにしていた。歩むは芳香漂う花園、眠るは寇(あだ)知らぬ安穏(あんのん)のとりで。日常を楽しからしめるためにはあらゆる技が行われ、養育係の賢者たちは口を開けば浮世の苦難を語り、山々のかなたはすべて災厄のはびこる所、不和の逆巻く所、人が人を餌食(えじき)にする所、と説いた。

おのれらの境涯をいやが上にも恵まれたものと思わせようために、彼らは日ごとに歌を聞かされたが、その主題は「幸いの谷」であった。彼らの欲望を刺戟(しげき)せむとしばしば各種の享楽が数え上げられ、朝は夜明けから日の暮れるまで時々刻々の仕事は歓楽の宴(うたげ)ばかりであった。

かかる手段(てだて)は概(おおむ)ね成功した。我が領域を広めたいと願う王子は殆(ほとん)ど無く、王子の多くは、自然と人工との与え得る限りのものは我が手中にありと信じ切って日を送り、天運拙くこの静寂境に住み得ぬ者どもを偶然の傀儡、苦難の奴隷と憐れんだ。

かくて彼らは兄弟に満足し自己に満足して朝な夕なを迎えたが、ただ一人の例外はラセラスで、彼は齢二十六にして彼らの相集い相楽しむ中から身を引き、ただ一人そぞろ歩いては静かに瞑想に耽るを楽しむようになった。珍味を山と積んだ食卓に坐しながら盛られた佳肴に手をつけるのを忘れることも多く、歌の最中に卒然と立って慌しく楽の音の届かぬかなたに退くのであった。従者たちはその変化に気づき、何とかして再び快楽への愛を取り返させようと努めたが、王子は彼らの干渉も相手にせず、その勧誘も斥け、来る日も来る日も樹木繁る小川の岸に過ごして、或いは枝に鳴く小鳥に耳傾け、或いは流れに遊ぶ魚を眺めるかと思えば、またたちまち眼を転じて、緑野、山々に群れる動物が或る者は草を噛み或る者はまた繁みの中に眠るのを眺めた。

王子の様子のおかしさは人目を惹いた。賢者の一人は、嘗ては王子の喜ぶ話し相手であったが、秘かに跡をつけてその落ちつかぬ源を突き止めようと図った。ラセラスは傍に人ありとも知らず、暫しは岩間に木の芽をあさる山羊の群をじっと見ていたが、やがて山羊の身の上を我が身に比べて言うには——

「人間とその他の動物との違いは何処にあるのだろう。我が傍をさまよう獣も肉体の必要を感ずることは私と同じだ。獣は腹減れば草を食(は)み、喉(のど)が渇けば流れの水を呑(の)む。飢えと渇きが医(いや)されれば満足して眠る。眼がさめればまた飢えを覚え、飢えればまた食って安心する。腹が減り喉の渇くのは私も同じだが、飢えや渇きがとまっても私は安心できない。不足を苦痛とするのは獣と同じだが、腹が膨(ふく)れても満足できぬ点が違う。間の時間が退屈で憂鬱(ゆううつ)なのだ。私は注意力を緊張させるために再び腹減れかしと願うのだ。鳥は木の実をつつき穀粒を啄(ついば)んで林に飛び去ると、呑気(のんき)な顔をして枝に止まり、いつも変わらぬ一つ歌をうたって徒(いたず)らに時を費やす。私も同じように琴弾(ことひ)きや歌うたいを呼ぶことはできる。が昨日私を喜ばせた歌が今日は退屈である。明日になれば更にいっそう退屈だろう。私の持つ限りの感覚は、みなそれ相応の楽しみを味わえば一応満ち足りる。しかも私は楽しい気持ちにならないのだ。人間は確かに何か潜在的な感覚を持っていて、それはこの場所では満足を得られないのに違いない。或いは人間には感覚とはっきり違う欲望があって、それが満足できぬと幸福になれないのだ」

こう言い終えると王子は頭を上げ、月の上(のぼ)るのを見て宮殿の方に歩みを戻した。彼が野原を過ぎる時、周囲に動物を見て言った。「おまえらは幸福だ。こうやって我が身をもてあつかいながらおまえらの間を歩いている私を羨(うらや)むには及ばない。さればとておとなしい獣らよ、私もおまえらの幸福を羨みはしない。おまえらの幸福は人間の幸福ではないのだから。私にはおまえらの知らぬ多くの嘆きがある。私は苦痛を感ぜぬ時でも苦痛が来はせぬかと恐れる。昔の禍(わざわい)を思い出してたじろぐこともあれば、将来の禍を予測してギクッとすることもある。確かに神の公平さは、特殊の楽しみには特殊の苦しみを添えてバランスを保ち給うたのだ」

王子はこう言って自ら打ち興じながら家路を辿(たど)った。その言う声は切々たる声であったが、しかもその顔付きから察すれば、自らの観察力に得々たる様子も見え、我が感受性の繊細さ、嘆く言葉の雄弁さを自ら意識して些(いささ)か人生の苦悩の慰めとしているかにも見えた。その夜の遊楽には王子も欣々(きんきん)として参加し、王子の心の和(なご)んだのを見て諸人(もろびと)も喜ぶのであった。

第三章　不足なき身の不足

翌日彼の老師は、今や王子の心の病(やまい)を突き止めたと想い、忠告もて病根を断たんと、おせっかいにも謁(えつ)を賜(たまわ)らむことを願い出たが、王子はかねて師を知力すでに尽き果てた老人と思っていたから、対面にも気は進まなかった。王子は言った。「何故(なにゆえ)にこの男はかく押しつけがましく振る舞うのだろう。この男の説教も新しい間だけは面白かったが、いったん忘れでもせぬ限り再び新しくはなり得ない。しかもそれを忘れることは竟(つい)に許されないのだろうか」さて王子は森に分け入り、心を鎮(しず)めていつもの瞑想(めいそう)に耽(ふけ)った。考えがまだ何一つ纏(まと)まらぬうちに、師が後を追(お)い来(きた)って傍にいるのを認めると、初めはいらいらするままに急いで立ち去らんとした。が嘗(かつ)ては尊敬した老人、今もなお愛する老人の気を悪くすることも憚(はばか)られて、相並んで岸に坐れと誘った。

老人はこれに勢いを得て、近頃見られる王子の変化を嘆き、何故かくもしばしば王宮の楽しみを棄てて孤独と沈黙を事とするのかと問う。王子は答えて、「私が楽しみから脱(のが)れるのは楽しみが楽しみでなくなったからだ。私が孤独なのは自分が面白くないからだ。私が一座するために諸人(もろびと)の幸福を曇らせるのがいやだからだ」。師は言った、「幸いの谷に住んで面白くないと嘆くのはあなたが初めてです。しかしあなたの嘆きには何一つ根拠のないことを得心させて上げたい。あなたはここに住んで、アビシニアの帝(みかど)が与え得るすべてを手にしておられる。ここには労働の必要も危険の恐れもない。しかもここには労働と危険との齎(もたら)し得るもの購(あがな)い得るもののすべてがあるのです。充たされない不足が何か一つでもありますか。あったら言って下さい。もし不足がないなら、どうしてあなたは不幸なのです？」

王子は答える、「不足のないということが、或(あ)るいは何が不足なのかわからないということが、私の嘆きの因(もと)なのだ。これと解(わか)る不足さえあれば、そこから望みも生じよう。望みがあれば努力への刺戟(しげき)となり、そうすれば太陽が西の山に傾くのが遅いと言ってかこつことも、また夜が明けて眼をさました時に、ああまた自分の心と対決せねばならぬと言って悲しむこともなくなるだろう。仔山羊(こやぎ)や仔羊の群が互いに追いつ追われつするのを眺める時、私は自分にも何か追(お)い駆(か)けるものがあったら幸福だろうなどと空想するのだ。が私は欲しい限りのものは持っている。来る日も来る時刻も何の変化もない。強いて言えば、後の一日後の一刻が、前の一日前の一刻より更にいっそう退屈なだけだ。

願わくは君の長い経験から教えてもらいたい、如何にすれば子供の時のように一日を短く思えるかを。あの頃は見るもの聞くものが新鮮で、一瞬一瞬が私の未だ曾て知らなかったものを示してくれた。私は既にあまり多くを享楽し過ぎた。何か欲望の的となるものが欲しいのだ」。

老人は、この前代未聞の悩みに驚き、答える術を知らなかったが、黙していることも好まなかった。彼は言った、「浮世の苦労を見ておいでになったら、あなたの今の御身分をどれくらい有難いとお考えになるべきかお解りでしょうに」。王子は言った、「うん、欲望の的が見つかったな。私は浮世の苦労とやらが見たくなった。それを見て来ることが幸福に必要と言うのならば」。

第四章　王子の悲しみと物思いはつづく

このとき楽(がく)の音(ね)が食事の時を告げたので会話は終わった。老人は立ち去ったが、その胸中は、おのれの説得が、これのみは防ぎ止めたいと願ったまさにその結論を生み出したのに、不満やる方なかった。が年老いた者の恥辱ないし悲嘆は長続きせぬが常である。既に長年堪(た)え忍んできたことを今さら堪え忍ぶのは容易であるのか、或(ある)いは老いたる我が身が人に顧みられぬのを知って他人の思惑をも深く顧みないのか、それとも如何(いか)なる悩みもいずれは死の手が結末をつけてくれる日も近いと知るが故(ゆえ)にさして顧慮もせぬのか、いずれかであろう。

王子は眼界俄(にわ)かに開けて、たやすくはわが感情を鎮(しず)めかねた。前には自然がわれに約束した生涯の長きに、長の年月の間には忍ばねばならぬこともさぞ多かろうと慄然(りつぜん)たる思いであったものが、今や年月多き間にはなし得ることも多かろうと、我が若さを喜ぶのであった。

かく彼の心に初めてさし込む希望の光に、王子の頬(ほお)は再び若さに燃え、両眼の輝きもいや増した。王子は何事かをなさむとする欲望に燃えた。ただしその目的その手段は未(いま)だ定かに知らなかったのである。

今は王子も憂鬱(ゆううつ)でも反社交的でもなかった。我が身は人知らぬ幸福の源の持ち主であり、それを隠しておいて初めて楽しみを味わうこともできるのだと考えて、あらゆる遊楽の計画にも忙しきように見せかけ、我が身には物憂(ものう)いこの境涯をも他の面々が喜ぶようにと心掛けた。しかし楽しみを如何ほど重ねて続けても、なお無為の時間が多く残るものである。夜も昼も王子は多くの時間を余人の不審を招くことなくただ一人物思いに費やすことができた。生の重荷はずんと軽くなった。喜び勇んで集会の席にも列(つら)なった。我が目的の成就(じょうじゅ)には人前にも頻繁に出ることが必要と想ったからである。然(しか)る後(のち)に欣然(きんぜん)としてただ一人自室に退いた。今は考える材料があったからである。

王子の第一の楽しみは、まだ見ぬ浮世とやらを一人描いてみることであった。我が身をさまざまの境遇に置いてみ、空想裡(くうそうり)の難境にもがいてみ、気違いじみた冒険に携(たずさ)わってもみることであった。が性慈悲深い彼であるから、かく胸中に描く計画は、いつも悩める者を救い偽りを看破し、虐(しいた)げる者を打ち破り幸福を諸人(もろびと)に分かち与える結末になるのだった。

かくてラセラスに二十カ月の月日が流れた。彼は幻影界のすったもんだに夢中になって没頭し、現実の孤独を忘れた。人間界のさまざまな出来事に備えて刻々準備を進めながら、如何なる手段でこの谷を出て生きた人間に交わるべきかを考えるのを怠った。

或る日も川岸に坐していた時、王子の空想は、孤児の一処女が腹黒き恋人に裏切られてなけなしの財産を奪われ、大声あげて王子に取り戻してくれと求めている所を想像した。その幻の与える印象が実に強かったので、彼は処女を守らんと決然起ち、まことの賊を追うような意気込みで掠奪者を捕えんと駈け出した。心にやましい者の逃げ足は、恐怖心も手伝ってますます速いのが常である。ラセラスは全力を尽くしてなお逃亡者を捕え得なかった。が足の速さでは及ばぬ相手を、辛抱強さで根気まけさせようと決心し、なおも追い迫るうちに、遂に山の麓に達してそれ以上は進めなくなった。

ここで王子は我に復り、おのれの無益な性急さに微笑んだ。さて眼を上げて山を見て言うには、「楽しみを味わうにも善を行うにも、何をするにも邪魔になる致命的な障碍はこの山だ！　私の願望が、私の生活を限るこの山を越えて遠く飛んで行くようになって久しいものだ。しかもこの障碍を克服して外に出ようとはまだ一度も試みてさえいないのだ！」

この思いに打たれて、王子は腰を下ろして物思いに沈んだ。思えば、この監禁状態から逃れ出ようと決心して以来、既に四季の移りかわりは二廻りになる。いま王子は、嘗て知らなかった強い悔恨を感じた。空しく過ぎて何一つ形あるものを後に残さなかったこの年月の間に、やろうと思えば如何に多くのことがやり遂げられたことかを彼は考えた。彼は二十カ月の月日を人間の一生と比べてみた。彼は言った、「人間の一生と言っても、何も知らない嬰児の頃と、ぼけてしまう老年の時期は除外せねばならない。我々は物を考え得るようになるまでには暇がかかるし、かと思うとすぐ活動する力を失ってしまう。人生の本当の期間は、よいところ四十年と踏まねばなるまい。その二十四分の一を私は物思いに費やしてしまったのだ。私の失ったものは間違いない。間違いなく自分の持っていたものだから。がこれからの二十カ月だとて誰が保証できよう？」

ああ愚かだったと自ら責める気持ちは深く王子の胸に喰い入り、容易に我を許す気になれなかった。「以前の年月を失ったのは、あれは祖先たちの罪、祖先たちの愚かさ、この国の馬鹿げた制度のせいだった。私はそれを思い出して胸が悪くはなるが悔恨は感じない。が、あの新しい光が私の魂にさし込んで以来の年月、正当な幸福を手に入れる計画を立てて以来の二十カ月、これを空費してしまったのは私自身の落度だ。取返しのつかぬものを失ってしまった！　私は二十カ月の間太陽が上(のぼ)っては沈んで行くのを眺めていた。空の光をただぼんやり眺めていたのだ。この二十カ月の間に、鳥は母親の巣を出て自ら森へまた空へ飛んで行った。仔山羊(こやぎ)も乳房を見棄てて、次第に巌(いわお)によじ登って独立の生活を求める術(すべ)を学んだ。私だけが一歩前に進むこともせず、未だにたよりない無知の有様だ。月は二十回以上満ち欠けて、人生の流転(るてん)を私に戒(いまし)めてくれた。足もとの流れも私の無為を責めた。しかも私は知的奢侈(しゃし)を満喫するばかりで、地(つち)の戒めも星月の教えも等しく無視して顧みなかった。二十カ月は過ぎ去った。誰がそれを取り返してくれるだろう」

　こういう悲しい瞑想(めいそう)は彼の心をしっかりとつかまえた。彼は、空しい決心にこれ以上の時を徒費すまい、と決心するのに更に四カ月を費やした。そしてたまたま陶器の茶碗をこわした下女が、元に戻せないものを悔やんでも仕方がないと呟(つぶや)くのを聞いて、眼がさめたように力強く動き始めた。

　下女の言葉は自明のことであった。ラセラスは自らそれに気づかなかったことを責めた。知らなかった、或いは考えなかった有益なヒントが、偶然によって得られることは如何に多いだろう！　そして心が、遠く離れた理想を追うに急にして、眼の前に横たわる真理に気づかぬという例も何と数多いことだろう！　王子は二、三時間悔恨の情に悶々(もんもん)としたが、そのとき以後全精神をこめて「幸いの谷」から抜け出す手段を考え始めた。

第五章　王子、脱出を考う

今や王子は、空想裡に仕遂げるのはいと易いことも本当に仕遂げるのは至難であることを知った。周囲を見廻せば、身は自然の障壁に取り囲まれ、それを突き破った者は嘗て一人も無い。それにあの鉄門がある。一度この門を潜った者は金輪際帰るを得ないのだ。王子は鉄格子の中の鷲のようにいらいらした。彼は幾週も幾週も山々によじ登ることに費やした。藪かげに隠れた穴もやあると思ったのである。がどの山の頂きも到底届きかねる高さであった。鉄門を開くことは思いもよらない。門はあらゆる人工の力を尽くして一分の隙もなく閉じられているのみならず、哨兵がかわるがわる常に見張っている。それにその位置から言っても、全住民の不断の監視下にさらされているのだ。

王子はまた湖の水のはけ口である洞窟を調べてみた。その口を太陽がカッと照りつけている時に見下ろしてみると、水路にはギザギザの巌だらけであることがわかった。水は巌間の狭い水路を流れて行けるけれども、多少の大きさを持った固体は到底通れるべくもない。王子は落胆し意気沮喪して帰った。が今は希望の至福なるを知っているので、絶対に絶望はすまいと決心するのであった。

かくの如(ごと)き甲斐(かい)なき探索に十カ月は過ぎた。とは言え、その過ぎ行く時は楽しかった。朝は新しい希望を抱(いだ)いて起き、夕べにはおのれの勤勉さに喝采(かっさい)し、夜は疲れて熟睡した。労苦を忘れさせ心の思いを紛らす数多くの楽しみにもぶつかった。王子はもろもろの動物の本能を見わけ、色々な植物の属性を知った。この谷間にも自然の驚異が満ち満ちているのを知り、もし竟(つい)に脱出の叶(かな)わぬ時は、それらを仔細(しさい)に観察して憂(う)き身を慰めようとも考えるのだった。毎日の骨折りが、まだ実を結ばぬながら、少なくとも無尽蔵の探究の対象を提供してくれたのを喜ぶのだった。

が王子の本来の好奇心はまだ衰えなかった。彼は人の世の営みについて多少の知識を得たいと決心した。彼の願いは依然続いたが希望は薄れてきた。もはや牢獄を囲む壁を眺(なが)め廻(まわ)すことはやめたし、見付け得ぬと判(わか)った間隙(かんげき)を新しく苦労して捜し廻ることも差し控えたけれども、しかも当初の計画を絶えず念頭に置くことは忘れまいと誓い、時来(きた)って何かの便法でも見付かることあらばその機を遁(のが)すまいと腹に決めた。

第六章　飛行術の論

「幸いの谷」の住民に便利なり楽しみなりの施設を与えるためにこの谷に惹かれて来て住んでいる技術家の中に、機械力の知識にすぐれた一人の男があって、既に実用娯楽両方面にさまざまの装置を工夫していた。流れの廻す水車の力で水が塔に押し上げられ、そこから宮殿内の各室に配給される仕掛けもあった。庭に亭を築き、その周囲には人工の雨を降らせて常時涼しい空気が保たれる仕掛けもあった。婦人たちの専用になっている林間の逍遥地の一つは、幾つもの扇で風を送るようになっており、その扇はそこを流れる小川が絶えず動かしていたし、また静かな調べの楽器が適当な距離に置かれ、その或るものは風の動きに鳴り、或るものは流れの力で鳴るのだった。

あらゆる種類の知識を喜ぶラセラスはしばしばこの技術家を訪れた。色々習い覚えておけばいつかは広い世の中に出てそれが役に立つ折も来ようかと考えたのである。或る日も例によって楽しむつもりで来てみると、師匠は水の上を走る車を造るのに忙しかった。その工夫は平らな面の上ではうまく行くことがわかったので、王子は大いに敬意を表して、どうかこれを完成してくれと懇請した。工匠は、それほどにも王子に買われていることを喜ぶと同時に、更にいっそうの栄誉をかち得ようと決心した。彼は言った、「王子様、あなたは機械の学がなし得ることのほんの一部分をご覧になったに過ぎません。私はかねて考えているのですが、船とか車とかのようなのろくさい乗り物の代りに、人間は翼というもっと速い道具を使ってもよいのじゃないでしょうか。知識ある人々には空の大道が開かれています。無知と怠惰のみが地上を匍い廻る必要があるのです」。

　この思い付きが王子の山を越えたいという欲望を再燃させた。この機械家の腕の程は既に見ているし、そういうこともできると考えたかった。が徒らに希望を抱いて後で失望の苦を嘗めるよりも、もっと色々問い訊してみようと考えて、王子は言った。「どうも君の想像が君の技倆よりも先走りしているのではないか。君の今言ったことはむしろ君の望みであって、はっきり知っていることではあるまい。動物はそれぞれ割り当てられた領域があるので、鳥は空、人間や獣は地上だろう」機械家は答えて、「その伝で行けば魚は水でしょう。その水の中を獣は生まれつき、人間は習い覚えて泳ぐではありませんか。水を泳げる者が空を飛ぶことに絶望する必要はありません。泳ぐとはより濃厚な流動体の中を飛ぶことであり、飛ぶとはより稀薄な流動体の中を泳ぐことです。我々は周囲の物質のそれぞれ違う密度に、我々の抵抗力を相応させさえすればよいのです。我々の目方の圧力で空気が逃げる、その逃げるのよりはやい速さで空気に絶えず何かの力を加え得るなら、人間は当然空中に支えられるはずです」。

王子は言う、「しかし泳ぐという運動が既にずいぶん骨の折れる運動だ。頑健な者でも手足がすぐに疲れてしまう。飛ぶという動作はもっともっと激しいものじゃなかろうか。我々が泳げる距離よりももっと遠くまで飛べるのでなければ、翼も大した役に立たないね」。

技術家は言った、「地面から飛び上がる労力は大きいでしょう。これは身体の重い家禽類を見ても判ります。が高く上がれば上がるほど、地球の引力、したがって身体の重力が次第に減ってきて、或る高さまで来れば人間の体は少しも落ちようという傾向もなく、空中に浮かぶでしょう。そうなれば何の心配も要らないので、前に進むことだけ考えればよい。その前に進む方はほんのわずかの力でできるでしょう。王子様、あなたの好奇心は非常に広範囲ですから、容易に御想像もつくことでしょうが、もし哲学者が翼を与えられて空高く翔るとしたら、この地球、また地球上の全住民が、脚下に回転するのを見て、また地球の自転によって同じ緯度の国々が次々と姿を現わすのを見て、どんなにか嬉しがることでしょう。陸、海、都会、沙漠、次々に動く光景を、中空にかかって見物する者はどんなにか面白がることでしょう。市場も戦場も同じ安穏な気持ちで見下ろしていられる。蛮人の跳梁する深山も、豊作を祝い平和に眠る実り多い地方も、全く危険なく眺めていられるのです。ナイルの河を水源から河口まで辿ってみるのも造作ないことですし、遠い地方に飛んで行って、地球の端から端まで自然の顔を調べてみるのも易々たることです」。

王子は言う、「いや、皆結構なことばかりだ。ただそういう推測だけの静かな場所では誰も呼吸ができないだろう。高山の上でさえ呼吸が困難だと聞いている。が空気が非常に稀薄なほどの高山の絶壁からもたやすく人は落ちるのだ。それから考えても、人間が生きていられる程度の高さでは、やはり真逆様に落ちる危険があるのじゃないかと考えるね」。

技術家が答える、「可能な限りの反対論をまずやっつけねばならぬというのでは、何一つやってみることはできません。王子様が私の計画を支持して下さるなら、私は自身の危険においてとにかく最初の飛行をやってみましょう。私はすべての空飛ぶ動物の構造を考えてみましたが、人間の身体には、折畳み式に続いた蝙蝠の翼が一番簡単に取り付けられると思います。あれを手本にして明日にも仕事にかかりましょう。一年の内には人間の悪意も追跡も及ばぬ空中に昇って行けると思います。ただ私が仕事をするのにこれだけを条件として頂きたいのです。出来上がった技術を他に洩らさないこと、それともう一つ、我々二人以外の者に翼を作ってやれと仰しゃらないこと」。

ラセラスは言った、「これほど大きな利益になることをなぜ君は他人に分けたがらぬのか？　すべての技は一般の利益のために用いられるのが当然だ。人間誰しも他人のお蔭を蒙っていることが多いのだから、人から受けた親切に報いてやるのが当然ではないか」。

技術家は答えて、「もし人間が善人ばかりなら、私も大急ぎで皆に飛ぶことを教えてやります。がもし悪人が意のままに空から善人の所に侵略できることになったら、善人は何処に枕を高くして眠れましょう。大軍が雲の間から襲って来るのでは、城壁も山も海も到底防壁になりますまい。北方の蛮族が空を飛んで空中にうろつき、眼の下に回転する豊饒な地帯の首都にたちまち猛烈な勢いで下りて来ることもできるのです。王子たちの隠れ家であり幸福の宿であるこの谷間さえ、南海の岸に群れ住む裸の人種が突然に舞い下りて来て荒らすかも知れません」。

　王子も秘密を守ることを約束し、成功の望みを全くかけぬでもなく決行の日を待った。折々は仕事場を訪ねて、その進行ぶりを見、動作を容易ならしめ、また軽さと力強さとを合わせ持たせるための巧妙な工夫の数々に目を留めるのだった。技術家は日に日に、禿鷹(はげたか)や鷲(わし)を尻目(しりめ)にして空に昇る自信を強め、その自信が伝染して王子をも捕えて行った。

　一年にして翼は完成した。定められた朝、製作者は飛行の身仕度を整えて、とある小さな岬に現われた。彼はしばらく翼を打ち振って空気を集め、さて踏み切って飛び立ったが、たちまち湖に顚落(てんらく)した。翼は空中でこそ役に立たなかったが、水中では彼の身を支えた。王子が陸に引き上げて見ると、恐怖と無念さに半死半生(はんしはんしょう)の態(てい)であった。

第七章　王子、物知りに逢う

王子は他の脱出の手段も考えられぬままに、今少しはよき結果を望む気になっていただけで、この椿事にさして懊悩もしなかった。彼は依然、機会を失せず幸いの谷を立ち去らんとの計画を棄てなかった。

王子の想像力は今は停頓状態にあった。浮世に出て行く見込みはなかった。我と我が身を励ますあらゆる努力にも拘らず、不満は次第に彼を蝕み、悲しみの中に、物思うことも再び忘れがちになった。折しもこのあたりでは定期的に訪れる雨季に入り、森をさまようことも不便になった。

雨は嘗てないほど長くまた激しく続いた。雲は周囲の山々に崩れ、激流は四方から平原に流れ込み、例の洞窟の水路のみでは水をはけきれなくなった。湖は氾濫し、谷の平地という平地はことごとく洪水に浸された。王宮の立つ丘とその他幾つかの高所だけが眼に見えるすべてであった。牛馬の群羊の群も緑野を去り、野生の獣も飼われたのも山の奥に姿を消した。

この洪水に王子たちは皆室内の娯楽に耽る外はなくなった。ラセラスの注意を特に惹いたものはイムラックの誦した一篇の詩で、人間のさまざまの状態を詠ったものであった。王子は詩人に我が部屋に伺候せよと命じ、再び自作の詩を吟じさせた。吟じ終わると打ちとけた歓談になり、王子は、かくも世の中を知り、且つ人生の場景場景をかくも巧みに描出し得る男を見出した身の幸いを喜んだ。王子は、誰しも知る有りふれたことながら幼時からの監禁生活のために自分だけは縁なき衆生だった色々なことについて、無数の質問を発した。詩人は王子の無知を憐れみ、且つはその好奇心を愛して、来る日も来る日も珍奇な話で教訓を授け楽しませたから、王子は夜眠らねばならぬのを残念に思い、早く朝になってまた楽しい話を聞けるようにと願うのであった。

二人は席を同じくし、王子はイムラックにその身の上を語れと命じ、晩年に及んでこの「幸いの谷」に来たのは如何なる出来事に強いられたか、或いはどういう動機に誘われたのかと訊ねる。イムラックがその物語を始めんとした時、ラセラスは音楽会に呼び出され、好奇心を夕方まで持ち越さねばならなくなった。

第八章　イムラックの身の上話

日暮れ時は熱帯の地にあっては唯一の気晴らし時、饗応時である。されば音楽が終わって王女たちが引き下がったのは夜半を過ぎていた。ここにラセラスはその伴侶を呼び、その身の上話を所望するのであった。

イムラックは語り出した。「王子よ、私の身の上話は長くはありません。知識に捧げられた一生は、音もなく過ぎて行って、色どりになるような事件も殆ど無いのです。人前で語り、ただ一人考え、読み、聞き、問い、問われて答えるのが学者の仕事です。学者は飾りもせず怖れもせずに世界を歩き廻り、同じ仲間以外の人たちからは知られも尊ばれもせぬのです。

私は、ナイルの源から程遠からぬゴイアマ（ゴッジャムとも言う。今エチオピアの一州。もと一王国）の王国で生まれました。父親は富裕な商人で、アフリカの奥地の国々と紅海の港々との間の貿易をやっていました。父は正直で倹約家で勤勉でしたが、感情は低級、物の理解力も狭く、ただ金を儲けることのみを望み、所の太守に奪われることを恐れて富を隠匿したがっていました」

王子は言った、「父の領土内で敢て他人の物を奪うような者がいるとすれば、父はその責任に怠慢だと言わねばならない。自ら不正の行為を働かずとも、不正を黙認するだけでもやはり王たる者の責任だと父は思わぬのだろうか。もし私が帝王であったなら、如何に卑しい者たりとも仮にも臣民に圧制を加えるような者はそのままでは置かないのだが。商人が権力者の強欲に捲き上げられることを恐れて、正直に儲けたものをも楽しみ得ないとは、聞くだに血が煮え返るようだ。人民の物を奪ったその太守の名を言え。その罪を父の帝に訴えてやる」。

イムラックは言う、「王子よ、あなたが血相変え給うのは善心が若さに力づけられる自然の結果というものです。やがてはあなたも、この太守の話を平然と聞き流して、父君の非を鳴らしたりはなさらぬ時が来るでしょう。勿論アビシニアの領土内で、圧制が頻発するわけでも公認されているわけでもありません。しかし残酷な沙汰が完全に防止できるような政治の形というものは未だ曾て発見されていないのです。従属関係とは一方には権力を他方には服従を予想するものです。その権力が人間の手にある以上、それは時には濫用されるわけです。最高の長官が監視を怠らないでおれば随分と善政もできるでしょうが、それでも手の届かぬ所は随分あるでしょう。犯される限りの罪を知ることは絶対にできず、知る限りの罪を罰することもまず不可能です」。

王子は答えて、「そんなことは私には解らない。が議論するよりもおまえの話を聞こうじゃないか。先を話してくれ」。

イムラックは語を継いで、「私の父のもともとのつもりでは、私にも一人前の商売人になれる教育だけを与える腹でした。私の記憶力が非常に秀れ理解が速いのを発見すると、これはいつかはアビシニアきっての金持ちになれるだろうなどと言っていたものです」。

王子が言う、「おまえの父親は、既に人前に見せることも自ら楽しむことも敢てせぬほどの富を持ちながら、何故更にそれを増そうなどと願ったのか？　おまえの話が嘘だなどと言いたくはないが、辻褄の合わぬことが両方とも真実ではあり得ないだろう」。

イムラックは答えて、「辻褄の合わないことが両方とも正しいということはあり得ないでしょうが、人間の手にかかると両方とも真実ということはあり得るのです。それに、一貫しないのと辻褄の合わないのとは違います。父は枕を高く眠れる日を期待してもよかったのですが、しかし人生を停止させないためには何かの欲望が必要です。そして既に現実の望みの叶った人間は、空想の望みを持たねばなりません」。

王子は言った、「成程それは私にも或る程度考えられる。話を途切らせて悪かったな」。

イムラックは話を進める、「そんな希望で父は私を学校にやりました。が私は、いったん知識の喜びを見出し、知力の楽しみ発明の誇りを覚えますと、心ひそかに富を軽蔑するようになり、父の粗野な考え方が憐れになって、父の意図を失望させてやろうと腹にきめたのです。私が二十歳になるまで、父は私を愛しがって旅の苦労をさせようとしませんでしたが、その頃までに私は次々と色々な先生から、生まれた国の文学全般を教えられていました。一時間一時間が何か新しいことを私に教えるので、私の生活は絶えず満足の連続でした。が大人になりかかるにつれて、それまで教師たちを尊敬の眼で見ていたものが、そういう気持ちがずっと薄らいできました。と言うのは授業が終わってみれば、教師たちを世間一般の人間より賢いとも秀れているとも思えなくなったのです。

そのうちに父は私を商業に就けようと決心しました。父は地下の金庫の一つを開けて、一万枚の金貨を数えて出しました。さて言うには、『倅よ、これだけを資本にして商売を始めなければいけない。俺は最初はこの五分の一も持っていなかった。それが勤勉と節約とでどれだけ殖えたかはおまえの見る通りだ。これをおまえにやるから、なくすとも殖やすとも勝手にするがいい。しかしもし怠惰や気まぐれですってしまうようなら、俺の生きている間はもう金はやらないぞ。またもし四年の間にこの資本が倍になったら、それ以後は俺とおまえの従属関係をやめにして、五分五分の友人関係で一緒に暮らしていくとしよう。金を作る術で俺と対等の腕のある奴なら、俺は対等に扱ってやるのだ』。我々は金を、安物ばかり詰めた俵に隠して駱駝に積み、紅海の岸まで行きました。広い海を眺めた時、私は脱獄囚のように胸を躍らせました。消すに消されぬ好奇心が心の中に燃え上がるのを覚えて、私はこの機会に乗じて他国民の風習も見、アビシニアでは知られない学問も学ぼうと決心したのです。

私は父から資本を殖やせと言われたのを思い出しました。しかしそれは、破ってはならぬ約束というのではなく、すってしまうのも勝手だがその時は罰を覚悟せねばならぬというのです。そういうわけですから私は、何物にもまさる私の欲望を満足させよう、知識の泉を飲んで好奇心の渇きを医そうと決心したわけです。

父とは無関係に商売をすることになっていましたから、或る船の持ち主と懇意になって、よその国に渡る便を得ることも容易でした。別段何処に渡らねばならぬと、窮屈に考えて行く先を選んだりする気もなく、何処でもいいからまだ見たことのない国を見れば、それでよいのでした。そこで私は、自分の志を宣言する父宛の手紙を残して、スラット（インド西海岸の都会）行きの船に乗りました」。

第九章　イムラックの身の上話つづく

「初めて水ばかりの世界に乗り出して、陸が見えなくなった時、私は周囲を見廻して嬉しいような怖いような気持ちでした。また眼路の限り遮るもののないのに魂が広々とした心地で、いつまで四方を眺め廻しても飽くことはあるまいと想いました。ところが間もなく、見えるものは既に見たものばかり、少しも変わらぬ単調さばかり眺めるのに倦いてきました。そこで私は船室に下りて、我が将来の楽しみもかくの如く嫌悪と失望とに終わるのではあるまいかと、暫く疑ったりするのでした。しかし何と言っても海と陸との違いは非常なものだ、と私は考えました。水の変化と言えばただ静と動との変化だけだが、陸には山あり谷あり、沙漠もあれば都会もある、そこに住む人間は風習が違い意見が対立する、自然界に変化のない場合にも人間の生活に変化を見出す望みがある。

　そう考えて心を静めました。そして航海の間、時には水夫から航海術を教わったり、尤もついぞ実地に使ってみたことはありませんが、また時には、これから色々な場合に臨んでどう振る舞うかあれこれと計画を立ててみたり、これもその後そのとき考えたような場合にぶつかったことは一度もないのですが、そんなことをして面白がっていました。

航海の面白さにも倦き果てた頃、無事スラットに上陸しました。私は金をしっかり身につけ、人に怪しまれぬように商品を少し買って、奥地に向かう隊商に加わりました。その仲間はどういうわけか私を金持ちと推測し、また私が色々訊(たず)ねたりつまらぬ事に感心したりするところから私の無知なことを知り、これは当然だましてよい初心(うぶ)のカモだ、おきまりの災難に逢(あ)うまでは詐欺(さぎ)の手くだも知らぬ奴だと考えました。私の物を召使いどもが盗んでも役人が強奪しても仲間は庇(かば)ってくれず、でたらめの口実で私が色々掠奪(りゃくだつ)されても黙って見ていました。自分らが世なれていると考えて優越感を満足させるだけで、連中の得にはならないことなのですが」

「ちょっと待った」と王子が言った。「自分の利益にもならぬのに人をひどい目に遭(あ)わすなんて、人間にはそんな怪(け)しからん気持ちがあるだろうか。成程(なるほど)誰しも優越を感じて喜ぶというのは、私にもよく解(わか)る。けれども君の無知はほんの偶然のことで、君の罪でも君の愚かさから出たことでもないのだから、彼らが自ら得々とする理由にはならないはずだ。友達甲斐(がい)に注意してくれたって、彼らは物知り、君は世間知らずということはやはり結構示せたはずだと思うが」

イムラックは言った。「自慢したい人間は、細かい心づかいはしないものです。まことに下らない得を得て喜ぼうとするのです。それに嫉妬の強い者は、他人の不幸と並べて見ることができなければ自分の幸福を感じないのです。彼らは、私を金持ちと考えて忌々しがったために私の敵となり、私を弱いと見て喜んだために私の圧迫者となったのです」

「先を聞こう」と王子、「君の話す事実を嘘とは思わないが、その事実の背後の動機の方はどうも君が考え違いをしているようだ」。

「こういう仲間と共に私はインドスタンの首都アグラ（インド中央部の都会）に着きました。蒙古大帝が普段住んでいる都です。私はその国の言語を勉強し、二、三カ月で学者たちと話もできるようになりました。学者の中には不愛想で黙りこくっているのもおれば、気軽で話し好きな者もいました。或る者は自分が骨折って学んだことを人に教えるのを嫌がるかと思うと、また或る者は、自分らの学問の目的は人に教えるという権威を得るためということを身を以て示していました。

そのうちに若い王子たちの師傅である人が大層私を認めてくれて、その結果私は、並々ならぬ知識の持ち主として大帝の目通りに引き出されました。大帝は私の国のこと途中の旅行のことなど色々と訊(たず)ね、今では帝(みかど)の言われたことを凡人の身のろくろく思い出せませんが、とにかく御前を退出する時には帝の叡智(えいち)に驚嘆し、またその仁慈に感泣する気持ちでした。

そうこうするうちに私の評判は大層高く、私の旅仲間であった商人たちが、宮廷の婦人たちに推薦してくれと頼んでくる有様です。私は彼らの頼みの図々しさに呆(あき)れ、やんわりと連中のやり方を責めてやりました。連中はそれを聞いても一向馬耳東風(ばじとうふう)で少しも恥じる色も悲しむ様子も見せませんでした。

次には連中は金銭で私を買収してその頼みを押し通そうとかかりました。が親切ずくでしてやる気のないことを、金でしてやる気はありませんから拒絶しました。私をひどい目に遭わせた意趣返しというのではなく、他の人たちをひどい目に遭わせるお手伝いは真っ平だったからです。彼らが私の評判を利用して彼らの品物を買う人たちをだますであろうことは見えすいていたのです。

暫くアグラに住むうちに、もうこれ以上ここで学ぶことはなくなったので、私はペルシャに参りました。ペルシャでは古代栄華(えいが)の数多い遺跡を見、また色々と新しい設備も見ました。ペルシャ人は際立って社交的な国民で、彼らの色々な集会が、日ごとに人間や風習を観察し、人間性のさまざまな変化の跡を辿る機会を提供してくれました。

ペルシャから私はアラビアに移り、ここでは牧歌的でありながら同時に好戦的でもある国民に接しました。この連中は全然きまった住居というものを持たぬのです。彼らの財産と言えば羊の群、牛馬の群ばかり、格別他国民の持つものを欲しがったり羨んだりもせぬのですが、それでいて大昔からずっと今日に至るまで、全人類を相手に祖先伝来の戦さを続けているのです」

第十章　イムラックの物語つづく。詩の論

「何処に行っても私は、詩が人智の最高と考えられ、恰も人間が天使の世界に寄せるにも近い尊敬を以て眺められるのを知りました。不思議に堪えないことは、殆ど何処の国でも、一番昔の詩人たちが最上の詩人と考えられていることです。詩以外の知識はみな、徐々に得られるものであるが、詩だけは立ちどころに授けられる天分だと言うのでしょうか、或いはどの国の場合も初めて現われた詩は新奇なものとして人々を驚かせ、たまたま最初に与えられた皆の合意ずくの名声が今日までそのまま残っているとでも言うのか、それともまた、詩の領分は自然と情熱とを描くことであるが、これらのものはいつの時代でも変わりがないから、最初の詩人たちが最も目につくような対象を独占して描写し、一番起こり得そうな出来事を選んで創作してしまい、後からの連中は同じ出来事を書き換えるか、同じ心像の組合せだけを新しくするより外には何も残っていない、というわけでしょうか。理由はいずれにしても、初期の詩人たちが自然をつかんでいる、後からの者がつかんでいるのは技術だけ、言い換えれば初めの連中は力と創造にすぐれ、

後からの者は優美と洗煉にまさる、というのが一般の観察です。

さて私は、この名声赫々たる仲間に我が名を加えたいものと願いました。私はペルシャ、アラビアのすべての詩人の作を読み、メッカの回教寺院に懸けられた各巻を諳んじました。が間もなく、何人も模倣によって偉大にはなれぬと悟り、どうしても名を成したい私は、自然と人生とに注意を向け変えました。自然は私の主題、人間は私の聴衆と思い定め、実際に見ないものは描けない、また聴衆の興味や意向を理解せずには彼らを楽しませたり怖れさせたりすることはできない、と考えたわけです。

さて詩人たらむと心が決まると、万事を新しい目的で見ます。私の注意の範囲は急に拡大され、如何なる種類の知識も見逃すまいと心がけました。心像や譬喩を求めて山や沙漠を歩き廻り、森の一本一本の木、谷の一つ一つの花を心に刻みつけました。そそり立つ巌も宮殿の尖塔も同様に注意深く観察しました。時にはうねうねと流れる小川を伝い、時には夏の雲の移りかわるさまを見守りました。詩人にとっては何一つ無用なものはありません。如何なる美しいものも、また如何なる怖ろしいものも、詩人の想像には馴染みでなくてはなりません。厳粛で巨大なもの、優美に小さいもの、すべてに詩人は精通せねばなりません。庭の植物、森の動物、地中の鉱物、空の流星、すべて力を合わせて、詩人の脳裏の無限の変化ある宝庫とならねばなりません。というのも、道徳的宗教的真理を力強く美しく述べるには、ありとあらゆる観念が有用だからです。多く知る者ほど場面に変化を与え、また遠い事実を借りて来たり思わざるに教訓を与えたりして読者を満足させる力を持つからです。

そういうわけで、自然のあらゆる姿を私は注意深く研究しました。また私が見て歩いたすべての国が、私の詩の力に何程かずつは寄与しているわけです」

王子が言う、「そう広く見て歩くのでは、見逃してしまったこともきっと随分多いに違いない。私は今までこの山々の囲む中にばかり住んでいるが、それでも外を歩く度(たび)に、それまで見たことのない、気づいたことのない何かを見つけるのだから」。

イムラックは答えて、「詩人の仕事は、個々の物を調べることではなく、種(しゅ)を知ることです。物の一般的特性と大きな姿とを看取することです。チューリップの縞(しま)の数をかぞえたり、森の緑の微細な色合いの違いを描いたりはしません。詩人が自然を描く場合には、原物を一人一人の読者の眼前に髣髴(ほうふつ)たらしめるような際立った目立つ特徴だけを示すのです。或る者は気づいたかも知れぬが或る者は見落としたかも知れぬといったような微細な差別は無視して、注意深い者にも不注意なものにも等しくはっきりと映る特色を捕えねばならぬのです。

　が自然を知ることは詩人の仕事の半分に過ぎません。詩人は同時に人の世のあらゆる営みを知らねばなりません。詩人たらむがためには、あらゆる境遇の幸不幸を測り、あらゆる情熱の組合せから出る力を観察せねばなりません。もろもろの制度とか、或いは偶発的な風土とか慣習とかの与える影響、それらによって色々とかわる人間心理の変化を、元気溌剌たる小児の頃から精気の抜けた老衰期に亘って辿る必要があるのです。それもその時代その国の偏見を去って、正邪をその抽象された不変の姿において考えねばなりません。現在の法律、現在の通念に拘泥せず、常に同一であるはずの一般的超越的真理の高さに上らねばなりません。したがっておのれの名の世に現われること遅きに満足し、生前の名声を願わず、後代の裁きを俟つ覚悟が必要です。詩作にあたっては、自然の飜訳者、人類の立法者を以て任じ、自らを将来の世代の思想風習を統御する者と考え、時と所とを超えた偉人と考えることが肝要です。

　これでもまだ詩人の仕事は終わりません。彼は多くの言語を知り、多くの学問を知らねばなりません。しかもその文体をその秀れた思想に匹敵させるためには、絶えざる練磨によって、言葉のあらゆる微妙な綾、諧調のあらゆる優雅さを身につけねばならないのです」。

第十一章　イムラックの物語つづく。遍歴の暗示

イムラックは今や熱に浮かされた如く、更に進んで我が携わる業を誇大に語らんとする。そのとき王子は叫んだ、「もうよい！　要するに如何なる人間も所詮詩人にはなれぬということが君の話でよく解った。身の上話の方を続け給え」。

「まことに詩人たらむことは至難のことです」とイムラック。

「至難も至難、私はもうこれ以上詩人の労苦を聞くのはいやになった。ペルシャを見終えて何処へ行ったかを聞こう」と王子が応ずる。

詩人は言った。「ペルシャから私はシリアを通り抜けて、三年パレスチナに住みました。ここで私は北欧西欧の国々の人たち多勢と交わりました。これらの国民こそ現在あらゆる権力あらゆる知識を掌握している人たちです。その軍隊は敵し難く、その艦隊は地上の隅々まで支配しています。この人たちを我らの国の住民またこの近隣の諸国民と比べると、まるで同じ人間とは思えないほどです。彼らの国においては願って手に入らないという物はなく、我々が聞いたこともない無数の技術が、絶えず彼らの便宜ないし

愉楽のために活躍しており、おのれの風土に産しないものは商業によって供給されるのです」

王子は言う、「如何なる手段によってヨーロッパ人はそうも強力なのだ？　彼らがそうも簡単にアジアやアフリカを訪れて貿易をしたり征服したりできるのに、アジア人やアフリカ人が彼らの海岸に侵入して彼らの港に植民地を築き、彼らの本来の君主たちに法律を押し付けるということが何故(なにゆえ)できないのか？　彼らを故国に運ぶ同じ風が我々をもそこに運んでくれそうなものではないか」。

イムラックが答える、「彼らが我々より強力なのは、賢いからです。知識が常に無知に打ち勝つことは、人間が他の動物を支配するのを見ても判(わか)ります。が何故に彼らの知識が我々以上であるかは、いと高き神の測り難い意志とでも言う以外、どういう理由が挙げられるか、私にも解りません」。

王子は溜息(ためいき)と共に言った、「いつになったら私もパレスチナを訪ねて、こういう強力な各国民の寄合に加わることができるのだろう。その幸福な時期が来るまでは、おまえの聞かせ得る話で我が時を満たしてもらいたい。私は何故にそのパレスチナにそれほど多くの人々が集まるかを知らなくはない。そうしてそこが知識と信仰の中心であり、各地の最も秀れた最も賢い人々が絶えず足を向ける所だと考えざるを得ない」。

イムラックが言う、「国によってはパレスチナに殆ど訪客を送らない国もあるのです。ヨーロッパでも数多くの学問ある宗派で、一致して巡礼を迷信だと言って非難し、或いは滑稽だと言って嘲笑する連中もあるのです」。

王子が言う、「知っての通り私の生活は、色々な意見の相違というものを殆ど私に教えてくれない。双方の議論を全部聞くのは時間がかかるだろうが、ひとつおまえ、両方を考えてみた結果を聞かせてもらえまいか」。

イムラック、「巡礼も、他の信仰に関する行為の多くと同じく、それを行う本になる原理次第で合理的ともなれば迷信ともなるのです。真理を求めての長旅が必要なわけではありません。生活の規範に必要な真理は、誠実に求める気さえあれば必ず見付かるものです。また、変わった場所に行くこと自体が必然的に信仰を増す結果になるとも限りません。精神を散漫にするという結果も一方では免れ難いのですから。けれども、偉大な行為が行われた場所を見に出かけて行けば、ありし日の印象を強めて帰って来るのは、毎日我々の経験するところです。同じ種類の好奇の心が、我らの宗教の発祥の地を見に行こうという気持ちを起こさせるのも自然の現象でしょうし、一度かの厳粛な地域を眼にすれば、神を思う心が必ず何程かは強められる結果になるのだと私は考えます。甲の場所においては乙の場所においてよりもいと高き神の御機嫌がとり易いという考え方は、これは空しい迷信家の夢ですが、世の中には我らの精神に異常な作用を及ぼす場所もあるという見方は、日常の経験が是認するところでしょう。パレスチナに行けばおのれの悪徳に打ち勝つことができると考える者は、或いはその考えの誤りだったことを悟る結果になるかも知れませんが、さればとて彼の地を訪れるのが一概に愚かなことだとも言えません。ただ、行けばおのれの悪が簡単に宥されるだろうと考える者は、おのれの理性と宗教とを、二つながら侮辱する者です」。

「成程、ヨーロッパにはそういう意見の対立があるのだな」と王子、「いずれ改めてよく考えてみることにしよう。ところで知識を身につけた結果はどうなると君は思うのか。向うの人たちは我々よりも幸福だろうか」。

詩人は言う、「何しろ世の中には不幸なことのみ多いので、誰にもせよ我が身の災厄にばかり追われて、なかなか他人の幸福を比較計量する余裕はないのです。知識というものは確かに、喜びに至る手段の一つには違いありません。それは、人間誰しも自分の観念の世界を拡めようと生来欲求する事実からも明白です。無知は即ち無一物ということで、そこからは何も生まれてきません。言い換えれば魂が何物にも惹かれることなく、ただぽかんと坐して動かない空虚の状態でしょう。何故ということもなく我々は物を学んで喜び、忘れて悲しむのが常です。以上のことから私は、物を学ぶことの自然の結果を何も他の物が阻害しない限りは、我々は精神の視野が広まれば広まるだけ幸福になる、と結論したいのです。

この世の一々の慰楽を数え上げてみると、我々はヨーロッパ人の方に幾つも勝ちを認めるのです。我々が悩み、時には死ぬ、怪我や病を彼らは治します。我々は天候の無慈悲さに苦しむが彼らはそれを緩和することを知っています。彼らは色々骨の折れる仕事を急いでやれる機械を持っているが、我々は手でコツコツやらねばならない。遠く離れた場所の間にも連絡が便利だから友達同志一緒にいるも同然です。彼らの智慧はあらゆる公衆の不便を取り除く。山には道を通し、川には橋を架けます。また個人個人の生活について言っても、彼らの住居は勝手よく、彼らの財産は安全です」。

王子は言う、「成程そういう便利な生活をしているのなら、たしかに幸福だろう。中でも私が一番羨ましいのは、離れた友達同志が簡便に思想を交換し得るということだ」。

イムラックは答えて、「ヨーロッパ人は我々に比べて不幸の度が少ないというまでで、決して彼ら自身幸福ではありません。何処に行っても人生は、忍ばねばならぬことのみ多く、楽しみは少ないものなのです」。

第十二章　イムラックの物語つづく

王子は言った。「この世の人間に幸福がそれほどケチケチとしか配分されないとは、私はまだ考えたくない。私が人生を思うままにできたら、毎日を楽しみで一杯にすることもできるのだとしか思えない。私は何人をも傷つけず、人の怒りを刺戟することもすまい。人の災厄を救い、感謝を受ける至福を楽しもう。友は賢きを選び、妻は貞淑なるを選べば、裏切られたり不親切を受けたりする危険もないだろう。子らは学あり信仰ある者となるよう特に気をつけてやれば、幼い頃に受けた恩を老後の私に報いるようにもなるだろう。おのれの恵みによって富み、おのれの力に助けられた何千の人に四方を取り囲まれておれば、何処に苦労の種があるだろう。保護と尊敬とを物静かに交換しつつ一生をなめらかに送ることがどうして許されぬことがあろう。このようなことはすべて、ヨーロッパの精華を待たずしてなし得るのだ。ヨーロッパ文明はその結果から見れば実用的というよりうわべの美しさだけのように見えるではないか。がそれはともかくとして、旅行の話の先を聞こう」

イムラックは更に言った、「パレスチナから私はアジアの色々な地方を、比較的開けた国々では貿易商となり、山間の蛮人の間では巡礼者となって、通り抜けました。そのうちに私は生まれ故郷が恋しくなってきました。幼い頃を過ごした土地で旅の疲れを休め、昔の仲間に冒険の物語も聞かせたいという気になったのです。嘗(かつ)ては人生の朝ぼらけの楽しい幾時(いくとき)を共に戯(たわむ)れ過ごした人々が、人生のたそがれに私を取り巻いて私の話に嘆賞の声を発し私の意見に耳傾けるさまを、しばしば私は脳裏に描くのでした。

こういう考えに取(と)り憑(つ)かれてからというものは、アビシニアの方に一歩でも近づかない瞬間はみな空費されているように考えました。私は急いでエジプトに渡りましたが、ここでは矢も楯(たて)もたまらぬ気持ちにも拘(かかわ)らず、その古代の壮麗の跡を眺め、古代の学問の遺跡をたずねるのに十カ月引き留められました。カイロではあらゆる国民がまざり合っているのを見ました。或る者は知識愛に、或る者は利欲の望みに惹(ひ)かれて来た人々でしたが、中には、人目に立たずに自分の好きな生活をし、群衆の中に隠れて住みたいという希望でここに来ている人も少なくありませんでした。カイロほどの人口の多い都会では、人と交(まじ)わりたい気持ちも満足させながら、同時に孤独のひそやかさも手に入れるということが可能なのです。

カイロから私はスエズに出、紅海を船で海岸伝いに、遂に二十年前に船出した港に着きました。ここで隊商に加わり、懐かしい生まれ故郷に帰ったのです。

私は身内の者たちが抱擁して迎えてくれ、友人たちも祝ってくれることを期待し、父親さえも、富をどれほど大事がるにもせよ、国の幸福と名誉とに貢献し得る伜を、喜びと誇りの気持ちで認めてくれようかと望んでいました。が間もなくそういう考えがあだであったことを悟りました。父は十四年前に死に、その財産は私の弟たちに分けられ、その弟たちは既に他の地方に移り住んでいました。昔の仲間たちも大部分は既にこの世の人でなく、生き残っている者も辛うじて私を思い出す始末、中には私のことを外国の風習にかぶれて堕落した人間と見る者もいるのです。

人の世の移り変りに慣れた者は容易には落胆しません。私は暫くすると失望の気持ちも忘れて、この国の貴族たちに取り入ろうと努めました。彼らは私をその食卓に迎えて、私の物語を聴いてくれましたが、それだけですぐにお払い箱です。学校を開いてもみましたが、すぐ教えることを禁じられました。そこで私は家庭生活の静かさの中に落ちついて暮らそうと決心し、一貴婦人に持ち掛けてみましたが、この婦人は私との交際はいやではないが、結婚のことは私の父が商人だからという理由で断わってきました。

結局、申し込んではねつけられるのに倦き倦きして、私はもう永久に世間から隠れよう、これ以上他人の意見や気まぐれをたよりにすまい、と腹が決まりました。この世の希望や心配におさらばすべく、私は『幸いの谷』の扉が開かれる時期を待っていましたが、やがてその日が来て、私の演技が衆に秀れていると認められ、私は喜んで身を永遠の監禁に委ねたのです」。

ラセラスが言った、「君はやっとここで幸福を見出したと言うのか。遠慮なく言ってもらいたい。君は今の境涯に満足しているのか。それとも再び放浪探求の生活に入りたいと思うのか。この谷の住民はことごとくその身の上を喜んでおり、年ごとの帝の臨幸にはよその者を招いて彼らの幸福を頒とうとするのだ」。

「偉大なる王子よ」イムラックは答えて、「真実を申しましょう。あなたにお仕え申す人たちの数多い中に、私は一人として、この隠遁所に入って来た日のことを嘆いていない者を知りません。私は心に幻影を沢山持ち、それを意のままに変えたり結び付けたりして楽しむこともできますから、他の人たちほど不幸ではありません。そろそろ記憶から消えかかっている知識を甦らせたり、過ぎた生涯の出来事を思い起こしたりして孤独を慰めることもできます。しかしそういうことも結着するところは、いろいろ身につけた才芸も今では役にも立たない、過ぎし喜びを再び楽しむ由もないという、悲しい思案です。まして他の連中は、現在の印象しか持たぬのですから、身の毒になるような熱情をたぎらせて腐ってしまうか、永遠の空白という陰鬱さの中にポカンと坐っているかより手がないわけです」。

王子、「競争相手を持たぬ者がどういう熱情に蝕まれるというのだ。この谷では悪意を抱きたいにも無力がそれをとどめ、楽しみは人皆と頒ち合うからあらゆる嫉妬も抑制されるのではないのか」。

イムラックが言う、「物質的な持ち物を頒ち合うことはできましょうが、愛情や尊敬を頒ち合うことはできません。二人の人間がいれば一方が余計に気に入ることは避けられません。自分が軽蔑されていると知れば必ず嫉妬を起こします。それが不運にも自分を軽蔑する人々に伍して生きてゆかねばならぬとなれば、嫉妬は更に高まり、果ては悪意ともなりましょう。自らみじめと感じている境涯に、他人をわざわざ招いて呼び寄せるというのも、希望なき悲境に当然生まれる意地悪さのさせる業です。彼らは自らに倦きお互いに倦き、新しい仲間を得て息をつこうと思うのです。おのれが愚かにも棄て去った自由を、他人が持っているのを嫉むのです。全人類が自分らの如く監禁されむことを願うのです。

しかし私一個はこういう罪を絶対に犯していません。何人(なんぴと)も私に説き伏せられてこのみじめな境に来たと言える者はありません。年々この囚われの境遇に自ら求めて入って来る群衆を、私は憐(あわ)れみの眼で眺めては、危い危いと警告してやることが許されればなあと思うのです」。

「親愛なるイムラックよ」王子が言った、「私も一つ心のありたけを君に語ろう。私もかねてこの『幸いの谷』からの脱出を考えているのだ。私は四方の山々を調べてみたが、その障壁は到底越えられぬのだ。この牢獄を破って出る術(すべ)を教えてくれ。君を我が逃亡の伴侶(はんりょ)ともし、流浪(るろう)の道しるべ、我が運命を頒つ人、人生の選択に我が唯一の指導者ともしようぞ」。

「王子よ」詩人は答える、「あなたの脱出は困難でしょうし、事によるとあなたはすぐに好奇心を起こしたことを悔やみ給うかも知れません。あなたは世の中を、谷のあの湖のように滑らかな静かな所と考えておいでですが、行って御覧になれば、嵐に泡立ち渦巻きに煮え返る海のようなものですぞ。暴力の波に呑(の)まれることもありましょうし、裏切りの巌(いわお)に叩きつけられることもあるでしょう。不正、偽り、競争、心配の最中(さなか)に立って、ああこの静寂の住家にいたらよかったと悔やんだり、希望を棄てても心配からだけは逃れたいとお考えになったりすることも度々でしょう」。

王子は言った、「私を脅かして目的を拋棄させようとしてはいけない。私は是が非でも君の見て来ただけを見たいのだ。君自身この谷に倦きたというのなら、君のもとの状態がこれよりはましだったことは明らかだ。わが試みの結果がどうあろうとも、私は人々の色々な状態をおのれの目で判断して、然る後にとっくりと我が人生の選択をする決心なのだ」。

イムラックは言う、「私の諫言よりももっと強力なものがあなたの邪魔をするだろうとは思いますが、しかし王子の御決心が定まったとあれば、もう思い止まられるようにとは申しません。勤勉と熟練とには不可能ということはありません」。

第十三章　ラセラス、脱出の手段を発見す

さて王子はお気に入りの相手を退かせて休ませたが、その口から聞いた驚異と珍奇との物語は彼の心を掻(か)き乱した。彼は聞いた限りのことを心中に思いめぐらしては、明朝訊(たず)ねるべき無数の質問を用意するのであった。

王子の不安の多くは今や取り除かれた。今は思うことを打ち明けて、おのれの計画にその経験に長(た)けた助力を求めることのできる友を得たのだ。彼の心はもはや、物言わずジリジリして腹のみ膨(ふく)らせねばならぬ必要はなかった。この伴侶(はんりょ)だにあらば「幸いの谷」の生活さえ堪(た)えられぬことはない、まして相携(あいたずさ)えて世界を歩(ある)き廻(まわ)ることを得るなら、それ以上には何の望むところもない、と考えるのだった。

二、三日にして水ははけ、地は乾いた。王子とイムラックは共に宮を出て人目を避けて語り合った。心は既に常に天を飛んでいる王子は、鉄門の前を過ぎるとき悲しみの色を浮かべて言った。「何故(なにゆえ)に汝(なんじ)鉄門はかくも強く、何故に人間はかくも弱いのか」

友は答えた、「人間は弱くはありません。知識は力に対して対等以上です。機械術の

大家は腕力を嘲笑します。私もこの門を打ち破ることはできますが、ただ秘かにはやれないのです。何か他の手だてを試みねばなりますまい」。

二人が山の中腹を歩いていると、長雨に棲家を追われた兎が草むらに避難しており、草むらの蔭に穴を掘って、その穴が斜めに上方に向かっているのに気がついた。イムラックは言った、「古の人は言っています。人間の理性は多くの技術を動物の本能から借りた、と。ですから我々も兎から物を学ぶことを恥とは考えぬようにしましょう。我々も山にこれと同じ方向の穴を穿つことによって脱出できるかも知れません。頂きが山腹におおいかぶさっている所から手をつけて、上へ上へと進めて行けば、絶頂の下を抜けて向う側に出られるでしょう」。

この提案を聞いて王子の眼は歓喜に輝いた。実行は容易であり、成功は確実ではないか。

今は一刻の猶予もなかった。二人は早朝、トンネルに恰好な場所を選ぶべく急いで宮を出た。ヘトヘトになって巌や茨の間をよじ登ったが、計画に屈強な地点を発見し得ずに引き返した。二日目、三日目も同じように暮れたが、挫折は同じであった。が、四日目に二人は、繁みにおおわれた一小洞窟を見つけ、ここに実験を始めようと決心した。

イムラックは石を切り土を除くに適当な道具を手に入れ、二人は次の日を以て仕事にかかったが、熱は有り余って根気は足らず、やがて疲労困憊して、草の上に腰を下ろして息を切らせた。王子は一瞬、力を落とした態だったが、友は言った。「王子よ、慣れればもっと長い時間続くようになります。ともかく我々がどれだけ進んだか、御覧なさい。こうやって働いているうちにはいつかは終りになることがお判りでしょう。大事業を成し遂げるものは腕力よりも忍耐です。あの宮殿も一つ一つの石を積み上げたものですが、あの高さ広さは見られる通りです。一日に三時間ずつ根気よく歩む者は、七年で、地球を一周するに等しい距離を進むのです」

二人は来る日も来る日も仕事を続けた。やがて巌の割れ目が見つかり、このために殆ど障害もなく大いに進むことができた。ラセラスはこれを吉兆と考えたが、イムラックは言った、「理性が囁く以外の希望や心配に心を乱してはいけません。よい前兆だと言って悦に入っておれば、同様に不吉なしるしには蒼くならねばならず、それでは一生は迷信の餌食となってしまいます。何事によらず我々の仕事を進めてくれるものは単なる前兆というだけではなく、そこに成功の一原因があるのです。断乎たる決心には往々悦ぶべき意外な事実が伴うものですが、この巌の割れ目もそういうものの一つです。計画の上では困難なことが、やってみると案外造作ないことは少なくありません」。

第十四章　ラセラスとイムラック、意外の訪問を受く

今や工事も半ばに達し、解放の日も近いのに労を慰めるのであったが、或る日王子が新しい空気を吸って元気をつけようと下りて来ると、妹ネカヤアが穴の口の所に立っているのを見出した。彼はギクッとして、計画を語ることも憚(はばか)られ、さればとて隠すにも隠されず、まごまごするのみであった。二、三秒にして王子は、かくなる上は妹の信義に訴え、隠すところなく打ち明けて妹に秘密を守らせる外(ほか)に手なしと決心した。

姫が言う、「私がスパイとしてここに来たとは思って下さいますな。前から私はお兄様とイムラックが毎日同じ方角にお出かけになるのを窓から眺めていましたが、特に涼しい木蔭(こかげ)か匂いのよい川岸でもお見付けになって向うにばかりおいでになるのだろうくらいにしか考えなかったのです。また今日あとをつけて参りましたのもお話の仲間に入れて頂きたいというより外の考えはなかったのです。そういうわけで、別に嫌疑の気持ちからではなく、お兄様をお慕(した)いする心から、こうやってお企(くわだ)てを嗅(か)ぎつけてしまったのですが、ついてはこの機を逃さずお願い申し上げたいことがございます。私もお兄様

同様監禁生活には倦き倦きしました。やはり世の中の人の営みや苦しみを知りたい望みなのです。この味気ない静かな生活は、お兄様が行っておしまいになればいっそう厭わしいものになるでしょう。どうぞ御一緒に逃げ出すことをお許し下さい。同行をお拒みになることはできましょうが、私が勝手について参ることはどうにも防ぎようもありませんでしょう」。

王子は、他の妹たちよりもこのネカヤアを愛していたから、その頼みを斥ける気はなかった。寧ろ、こちらから先に打ち明けて信頼の程を見せてやる機会を失したことを悲しんだ。そこで、谷を脱出するときは一緒に連れて行ってやることに同意し、事の決行までは、誰か余人がそこらをうろついて偶然或いは好奇の心から、山まで後をつけて来るようなことのないよう、姫が心を配る役目を引き受けた。

遂に工事も終わった。二人は絶頂を抜けた向う側の光を見、山の頂きに登って、まださらさら流れに過ぎないナイルの源が脚下にうねるのを眺めた。

王子は有頂天になって四方を眺め、旅の喜びのあれこれを予想しては、心は既に父王の領土を離れてさまようのであった。イムラックも脱出の喜びは押さえかねたが、既に試みて倦いた経験もあるだけに、世に出ての楽しみを期待する心は少なかった。

ラセラスは視界の広くなったのに喜悦言う方なく、谷に再び戻るように説得することは容易でなかった。王子は妹に道の通じたことを告げ、残る仕事は出発の準備だけと語るのだった。

第十五章　王子王女、谷を出でて幾多の驚異を見る

王子と姫は売買の市にさえ行けば巨額の金に代え得るだけの宝石類を持っていたが、これをイムラックの指図で衣類の中に隠した。一行は次の満月の夜、谷を後にした。姫は気に入りの侍女を一人だけ連れたが、侍女は何処に行くのかを知らなかった。

四人は穴を抜けて向う側の下りにかかる。姫と侍女は四方に眼を向け、視界を遮るもののないのに、何か物恐ろしい空虚の中にさまようような危険を覚えて、立ちどまって身顫いした。姫は言った、「行く手も定かに判らぬ旅路に上るのは、この広々とした野原に飛び出して行くのは、何だか見たこともない恐ろしい人たちに四方から迫られるかも知れぬような気もして、怖いような気持ちです」。王子の思いも殆ど同じであったが、ただそれを口に出さぬのを男らしいと思うだけの違いであった。

イムラックは二人の怯えたさまに微笑み、先に進まれよと促したが、姫は依然決断がつかず、そのうちに知らず知らず前に引かれて、やがて引き返すにも引き返せぬ距離になるまではそのような気持ちであった。

夜が明けると一行は野原に数人の羊飼いを認め、乳や果実を購った。姫は我が身を迎える王宮の用意も見えず、珍味の数々を並べた食卓もないのを訝ったが、気も遠くなるほど疲れても腹を減らせてもいたから、乳を飲み果実を食べて、谷に出来るものよりも味わいすぐれたように覚えた。

一行は誰も苦労や困難に慣れてもおらず、また彼らの脱出は判っても後を追われるはずはないと解っていたから、楽な旅を続けて行を重ねた。数日にして人口稠密な地方にかかったが、その地の人々の風習、身分、仕事等の多種多様なのに一行が感嘆するのを見て、イムラックは面白がるのであった。

一行の服装は、包むところありと人の疑いを招きそうなものを避けていたが、それでも王子は、到るところ人が自分に服従することを期待しており、姫は姫で、我が前に現われる者が平伏しないのに恐怖を覚えた。二人が異様な言動で身分を暴露したりせぬようにと、イムラックは絶えず監視の眼を緩めることができず、二人に普通の人間を見なれさせるために、この最初の村に数週間引き留めておくことにした。

次第にこの放浪の王子王女も、自分らが一時権威を捨てたのだ、こちらの鷹揚さ礼儀正しさが自然に齎すだけの敬意を期待せねばならぬのだ、ということが呑み込めてきた。

そこでイムラックは、色々と訓戒して、港町の喧騒や商売人の無作法さも耐え忍ぶ用意をさせてから、一同を連れて海岸の方に下って行った。

王子と姫は、何もかも目新しいことばかりで、何処を見ても斉しく満足し、したがって数カ月この港町に逗留して、少しも先へ進もうという気を起こさなかった。イムラックも彼らの逗留を喜んだ。世慣れぬままで外国の危険さに触れさせるのを心もとなく思ったからである。

そのうちに二人の身分を悟られそうにイムラックには思えたので、出発の日どりを決めることを提議した。二人は自分たちで物を判断する生意気な気持ちは少しもなかったから、計画の全部をイムラックの指図に委ねた。そこで彼はスエズ通いの船に室を取り、いよいよその日が来るとやっとのことで姫に乗船を納得させた。航海は天気にも恵まれ日もかからず、スエズからは陸路を通ってカイロに向かった。

第十六章　一行カイロに入り、全市民の幸福なるを知る

初めての者は眼を丸くするようなその都に近づいた時、イムラックが王子に言った。「ここは地球の隅々から旅行者や商人の集まる所です。あらゆる性質あらゆる職業の人間を御覧になるでしょう。商売もここでは別に恥じる必要はないのです。私は商人に化けますから、あなた方は他国者(よそもの)で、ここに来た目的は好奇心以外にはないのだという態(てい)でお暮らしなさい。そのうちに我々が金持ちだという噂(うわさ)が立つでしょう。そういう評判が立てば、我々が近づきになりたいと思うどんな人にも近づく道が開けます。そうすれば色々な人たちの生活の様子を見ることもでき、ゆるゆると御自分の人生の選択もできるわけです」

さて彼らは町に入り、騒々しさに度胆を抜かれ、雑踏に腹を立てた。注意を受けていてもまだ習慣は抜け切れず、自分らが往来を歩いて行っても格別人目も惹(ひ)かず、下層の者どもと出逢(であ)っても一向敬意も注目も払わないのに、奇異の感じを持った。姫は初めの間は卑(いや)しい者たちと同列に立つということが考えても堪(たま)らず、数日はおのれの室に閉(と)じ

籠もって、谷間の宮にいた時と同様、お気に入りのペクアーだけを侍らせた。

売買のことに明るいイムラックは、翌日宝石の一部を売り、家を一軒借りてそれを壮麗に飾り立てたから、たちまち非常に富裕な商人と噂が立った。その物腰の丁寧さは多くの知人を惹きつけ、その気前のよさに多勢の取巻きが追っ掛け廻すようになった。その食卓には各国の人々が群れ集まり、その人たちが皆彼の知識を讃え、彼の好意を得んと努めた。一緒にいる王子たちは、会話に加わり得ないので、無知や驚きを言い表わすこともできなかったが、この国の言葉を覚えてくるにつれて、徐々に世間のことが判り始めてきた。

王子はかねてしばしばの講義によって、金銭というものの性質、その使い方を教えられていた。が婦人たちは、商人たちが金や銀の小片で何をしているのか、また何故、ああいう使い道もない物が生活の必需品と交換に受け取られるのか、永いあいだ理解できなかった。

彼らは言葉を二年習い、その間にイムラックは人間の色々な階級とか生活状況とかを彼らに見せてやる準備を進めた。彼はすべて運命にでも行動にでも何か非凡なものを持っているほどの者とは近づきになり、また酒色に耽る者倹約な者、怠け者忙しい者、商人でも学者でも、色々な人をしばしば訪問した。

今や王子は流暢（りゅうちょう）に会話もでき、知らぬ人との交際に是非（ぜひ）用心せねばならぬ点なども覚えて、イムラックに随（したが）って人の集まる場所に行ったり色々な会合に出たりするようになった。人生の選択にかかろうというのである。

暫（しばら）くは彼には選択の要なしと思えた。すべてが斉（ひと）しく幸福に見えたのである。何処（どこ）に行っても出逢うものは陽気さと親切、聞くものは喜びの歌と苦労なき笑いである。王子は考えるようになった、この世は遍（あまね）く豊饒（ほうじょう）に溢（あふ）れている、欲して得られぬものも技倆（ぎりょう）ありて達せぬものもない、人はすべて惜しみなく物を与えるもの、人の好意を受けて融（と）けぬ心はない。「それならば一体何処に不幸になる余地があろうぞ」と彼は思うのだった。

イムラックはこの喜ばしき迷妄をそのまま見遁（みのが）し、経験なき者の希望をぶち壊そうとはしなかったが、やがて或る日のこと、暫く黙して坐っていた後に王子は言った。「私には解（わか）らない。友達の誰よりも私が不幸なのは一体どういうわけだろう。彼らは永遠に変わりなく快活なのに、私自身の心は落ちつかず不安だ。一番やってみたいような気のする楽しみ事も、やってみれば満足できない。私は陽気な群衆の間に交（まじ）わっているが、それは人と共にいるのが楽しいからというより、一人でいるのを避けたいためだ。ただおのれの悲しさを隠さんために大きな声を出してはしゃいでいるのだ」

イムラックは言った。「誰も自分の心をよく探ってみれば、他人の心に起こっていることも察し得るでしょう。御自身の陽気さは偽物であるとお感じになるなら、そこから、仲間の人たちの陽気さも心からのものではないとお考えになっても正当な結論じゃないでしょうか。羨望は大概はお互い様です。幸福とは遂に発見し得ないものとは我々は容易なことでは信じません。誰しも他人は幸福を握っているものと信じて、いつかは自分も幸福を手に入れる希望を持ち続けたがるものです。昨夜お出かけになった集会の席でも、目に映るものはいきいきした空気や軽快な好みばかり、まるで心配や悲しみとは縁のない、人の世よりは一段と清い世界に住むべき、一段上の生物にならふさわしかろうと思われるほどです。しかも王子よ、よく聞いて下さい、一人になって物思いという暴君に虐げられる時の来るのを恐れていない者は、あの席にただの一人もいないのです」

王子は言う。「私がそうなのだから、或いは他人もそうなのかも知れない。しかし、人間一般の不幸がどうであろうとも、比較すれば比較的に幸福な境遇と不幸な境遇とがある。叡智は必ずや人生の選択にあたって、最小の禍を選ぶように我々を導くであろう」

イムラックは答えて、「禍福の判断は実に色々で不確かですし、それに福と思えば禍、禍と思えば福、色々な関係で色々に変わります。予測し得ない色々の偶発事にも左右されますし、争う余地のない選択の理由を待って自分の境遇を定めようとしていれば、一生思案したり思い煩ったりで終わらねばなりません」。

ラセラス、「そう言うけれども、我々が尊敬と嘆賞の気持ちで耳傾けるような賢者は、自らの人生の道を選ぶのに、きっと、これこそ自分を一番幸福にさせると思った道を選んだものに違いない」。

詩人は答える、「自ら選択して人生を送る者は少ないのです。人間誰しも、現在の境遇に置かれているのは、自ら予測しなかった、また必ずしも自分が進んで協力しなかった色々の原因の作用によるのです。そういうわけですから、隣の人の運命を自らの運命にまさっているように思わない人は滅多にありません」。

王子は言った、「私は自分の生まれの故に、他人にまさる長所を少なくとも一つは与えられていることを考えて嬉しく思う。即ち自ら自分のことを決する能力だ。私はこうやって世の中というものを前にして、ゆるゆるとこれを検討しよう。必ずや幸福は何処かに見付かるに違いない」。

第十七章　王子、潑剌快活なる青年らと交わる

ラセラスは翌日起きると、彼の人生実験を始めようと決心した。彼は叫んだ、「青春とは喜びの時期である。ひとつ自分も、仕事と言えば肉欲の満足ばかり、すべての時を享楽の連続に費やしている若い連中に加わってみよう」。

そういう仲間に王子は即座に受け入れられたが、二、三日もすると倦怠と嫌悪とを覚えて戻って来た。彼らのさんざめきには幻がなく、笑いには動機がなく、その楽しみとするところは粗野な官能のそれで、精神は何の関わりもなかった。その行動は気違いじみて賤しく、秩序とか法とかいうものを嘲笑するのだったが、そのくせ権力ある者が眉をひそめれば意気銷沈し、叡智ある者に見られれば恥じるのであった。

王子は直ぐに、自ら恥じるような道を選んで幸福にはなり得ないと結論した。何の計画もなしに行動し、悲しむも快活になるも風の吹き廻し次第というのでは理性的動物にふさわしからぬように彼には思えた。彼は言った、「幸福とは、怖れや不確実さのない、何かしっかりした永続性のあるものでなければならない」。

が王子もこの若い仲間の率直さ慇懃さには少なからぬ好意を寄せていたので、忠告も苦言も呈せずに袂を分かつ気にはなれなかった。彼は言った、「友よ、私は我々の生活、我々の前途を真剣に考えてみて、これでは自らの利益を誤っていると思うのだ。人間若年の時期は老いての後の備えをせねばならぬ。考えることのない者は竟に賢くなるを得ない。年じゅう軽薄な生活を続けていたのでは無知に終わるにきまっているし、不節制は、一時気持ちを燃え上がらせることはあっても、人生を短くするかみじめにするかであろう。青春は長くは続かない、年長ければ空想の魅惑は消え、喜びの幻影ももはや身のまわりに踊らず、そうなったら我々の慰めと言っては、賢者を尊び、善をなす手段を持つこと以外にないのだ、ということを考えようではないか。だから、やめる力がある間にやめよう。いつかは年を取る人間として生きようではないか。老いて後に、過ぎし年を数えるのは愚行を数えるばかり、放蕩の結果の病苦に苛まれて往年の盛んだった健康を思うばかりというのでは、これくらい恐ろしい禍はなかろうではないか」。

一同は暫し顔と顔を見合わすばかりで言葉もなかったが、やがて口を揃えて一斉に哄笑を続けて王子を撃退した。

自分の意見が正しいのだ、自分の真意は親切にあったのだとは思っても、かく嘲りを以て迎えられた恐ろしさに、王子は身の置きどころもない心地であったが、やがて平静を取り戻して、探求の手を続けるのであった。

第十八章　王子、幸福なる智者に逢う

或る日往来を歩いていると、とある広い建物の扉が開いて、すべての人が呼び込まれて行くのを見た。人の流れの後について入ってみると、それは公会堂か学校の講堂かで、教授諸公が聴衆に講義をする所らしい。王子の目は一段高い壇にいる賢人にとまった。その人は情欲の抑制ということを力をこめて説いている。その容貌は尊げに、動作に落ちつきあり、発音は明瞭、用語も優雅である。教授は強い感情をこめ、さまざまな例を挙げて、卑しい官能がより高い能力に打ち勝つ時、人の性は堕落し下劣になると説いている。空想は情欲の親であり、この空想が精神の支配を奪う時、そこに生ずる結果は、不法者が統治にあたる時の当然の結果として、乱脈と混乱以外にあり得ない、空想は知力の守る砦を叛軍の手に渡し、我が子である情欲をそそのかしてその合法的君主たるべき理性への叛逆に駆り立てるのだ、と説いている。譬えて言えば理性は太陽である、その光は一定不変で永続性があるが、空想の光は流星のそれで、明るいが一時のものに過ぎない、その動きも不規則、方向も定まらない、とも説いた。

それからその人は、折にふれて古人が情欲征服のために与えた教えを伝え、その大事な勝利をかち得た者の幸福を説いた。この勝利を得た者はもはや恐怖の奴隷でもなければ徒らに希望を追う阿呆でもない、嫉妬に身をやせさせることも怒りに身を焦がすこともなく、或いは愛情に去勢されたり悲しみに意気沮喪したりもせずに、人生の騒がしさも孤独も平然と歩いて行くことができる、それは丁度、太陽が穏やかな日であろうが嵐であろうが変わりなくその進路を進むのと同じである、とも言った。

その人はまた、苦痛にも快楽にも動かされない偉人の例を数多く挙げ、この世の色々な変動や出来事に、卑しい者は福だとか禍だとか名をつけるけれども、偉人たちはそういうものをも平然と眺めるのだと言った。その人は聴衆に、須く先入主を去れと説き、不屈不撓の大忍耐に身を固めて、襲い来る悪意や不運の矢玉を防げと勧めた。そして結論として言った。こういう状態のみが幸福なのであり、この幸福は万人の手の及び得る所にあるのだ、と。

ラセラスは、長者の教えに当然捧ぐべき尊敬を捧げつつ耳傾けていたが、この人を出口に待ち構えて、真の叡智を持つかかる大先生をお訪ねする非礼を許されたいと恭々しく願った。講演者は瞬時ためらったが、ラセラスが金貨の入った財布をその手に置くと、喜びと奇異とのまざる表情で、それを受け取った。

王子はイムラックの所に戻ると言った。「私は、知る必要のあることはことごとく教え得る人に出逢った。剛毅な理性の不動の王座から、脚下に変動する人生の色々な場面を見下ろしている人に出逢った。その人が口を開けば満場が耳になってその唇を注視し、その人が理を説けば言葉の切れ目切れ目に確信が湧くのだ。私はこの人を将来の指導者にしたい。この人の教えを学びこの人の生活を模倣するのだ」

イムラックは言う、「道徳を説く者をあまり性急に信頼したり感心したりしてはいけません。その言うところは天使のようですが、彼らの生活は人間に過ぎないのです」。

ラセラスには、あれほど力強い議論をする人が自身の議論の真実性を信じていないなどということは到底考えられなかったから、二、三日して訪ねてみると、面会を拒まれた。今では金銭の偉力を知っている王子は、一枚の金貨に物言わせて内部の部屋に入ってみると、哲人は半分暗くした一室に、ぼんやりした眼をして顔蒼ざめて坐っている。哲人は言うのである、「あなたは悪い時にいらっしゃした。今はあらゆる人間の友情が無駄です。私の悩みは手の下しようもなく、私の失ったものは補充のしようがないのです。娘、ただ一人の娘、老後の慰めはこの娘の愛情ばかりと思っていたのが、熱病で昨夜死んだのです。私の思想も私の目的も私の希望もすべて終りです。今の私は社会と縁の切れた淋しい存在です」。

王子は言った、「先生、人の死ということは、賢い人なら驚いたりするはずのない現象でしょう。死が常に身近にあることは誰しも知っていることで、したがって常に覚悟していなければならぬことです」。

哲人が答える、「若い人よ、あなたの言葉は死別の苦痛を一度も経験したことのない人の言葉です」。ラセラス、「それでは先生は、あれほど力強く強調された古人の教えをお忘れになったのですか。叡智は災難に逢った心を守ってくれる力を持たぬのですか。形あるものは移り変わるのがあたりまえだが、真理と理性とは常に同一であることを考えて下さい」。悲しみ嘆く哲人は言った、「真理も理性も何の慰めを私に与え得ましょう。私の娘はもう取り返せないと私に告げるだけで、外に何の役に立つでしょう」。

人情に篤い王子はこの不幸な哲人を叱責して辱めることは到底できず、そのままそこを立ち去ったが、心には、飾り立てた言葉の空しさ、磨きに磨き凝りに凝った文章の無能さを確信するばかりであった。

第十九章　田園生活の瞥見（べっけん）

王子はなおも同じ探求に熱心だった。一人の隠者がナイル最下流の滝の近くに住み、聖人であるという名声が全国土に隠れもないと聞いて、その隠れ家を訪れようと決心した。人に交（まじ）わる生活が与え得ない幸福を孤独の中に見出し得るかどうか、また、年老い善を積んで人の尊敬を集めているこの人が、禍（わざわい）を避け或（ある）いは禍を忍ぶ特別の術（すべ）を教え得るかどうか、を探りたいと思ったのである。

イムラックも姫も同行に意見一致し、必要な準備を整えた後、一同は旅路に上（のぼ）った。道は野原の中を続く。そこには羊飼いが羊を見張り、仔羊（こひつじ）が牧野に戯（たわむ）れている。詩人が言った、「これこそ昔から無邪気さと静かさの故（ゆえ）に謳（うた）われた生活です。日中の暑熱を羊飼いの天幕に避けて、我らの探ねるものも所詮（しょせん）は単純な田園の生活に終わるのではないか、調べてみようではありませんか」。

この提案は王子の意にも適（かな）い、そこで一同は細々（こまごま）した贈物や馴（な）れ馴れしい問いを持ち掛けて羊飼いらを誘（いざな）い、自らの生活をどう思っているのか言わせようとした。彼らは礼にならわず、無知でもあり、その職業の禍福を比較することもできず、その話し方語り方も極めて不明瞭であったから、多くを聞き出すことはできなかった。が彼らの心が不満に蝕まれていること、富める者の贅沢のために自分らは労働を強いられているのだと考えて身分の上な者を愚鈍な悪意で眺めていることだけは明白であった。

姫は激しい言葉で言った。私は絶対に、こんな嫉妬深い野蛮人に自分の伴侶たることは許さない、田園の幸福などというものの見本はもう当分二度と見たくない、しかしそうかといって昔から語られる原始生活の喜びというものがすべて作り事であるとは信じられない、野原や林間の平穏な満ち足りた生活以上に願わしいものがこの人生にあるかどうかはやはり疑問に思う、私は二、三の善良優雅な伴侶と共に、自ら植えた花を摘み、自ら飼う牝羊の生んだ仔羊を愛撫し、小川のせせらぎ微風のそよぎの中に、自らの侍女に木蔭で書を読ませて、憂いなく耳傾ける、そういう日のいつかは来ることを望んでいる、と。

第二十章　栄耀の危険

次の日一行はまた旅を続けたが、暑熱堪え難くて木蔭もがなとあたりを見廻した。やや離れて鬱蒼たる森が見える。入ってみると人間の住居の近いことが判る。灌木は丁寧に刈り取られて、木蔭の一番暗い所に歩道が開いてある。向かい合う樹木の枝は巧妙に組み合わせてある。空地には花を交えた芝生の褥が築かれてある。羊腸の小径に沿って戯れるように流れる小川は、或る所では岸が開いて小潭となるかと思えば、或る所では石を小山に積んで流れを遮り、水音のせせらぎを増すように仕掛けてある。

一行はゆっくり森の中を通りつつ、かかる思い掛けぬ設備を悦び、こういう殺風景な人跡も稀な地方に、こういう無害な贅沢に耽る余裕と技術とを持つとは、一体何処のどういう人間かと推測を逞しくして互いに興じ合った。

進むほどに楽の音が聞こえ、若き男女の群が林間に踊るのが見える。更に進むと、立派な宮殿が岡の上に立ち、森に囲まれているのが目に入った。東方の主もうけのさだめで、彼らも中に入る自由がある。入ると主人は、如何にも物惜しみせぬ富人の態で客を迎えた。

主は人品を見ることに慣れていて、一行がただの客でないことを直ぐに見抜き、山海の珍味を食卓に並べた。イムラックの雄弁は彼の注意を惹き、姫の気高い行儀よさは尊敬の念を覚えさせた。一行が辞し去ろうとすると主は滞在を懇望し、翌日になると更にいっそう別れることを肯じなかった。一行も容易に逗留の勧めに従い、改まった応待も日と共に気楽な打ち明けた仲に変わった。

王子は、召使いの一人一人まで快活に、あたりの自然の風景も笑顔の如きを見て、求むる幸福もここにこそ見つかるかという望みを制し得なかった。が主に向かって、その恵まれたさまに祝着の意を表すると、主は溜息と共に言うのだった。「私の境遇は成程外見幸福そうでしょう。が外見というものはあてにならぬものです。こういう栄耀のために私の生命は危ういのです。エジプトの総督が私の富と人気だけで腹を立てて私に敵意を持っています。今までの所はこの国の王子たちが私を庇護してくれるので彼も手を出しかねていますが、偉い人の好意はいつまで続くか判らず、いつ何時私の守護者たちが、私の物を掠奪して総督と山分けする気にならないとも限りません。私は既に財宝を遠い国にやってありますし、ちょっとでも危いと思ったら私自身もそちらに行く用意はしているのです。その後は私の敵どもがこの邸で乱痴気騒ぎをし、私の作った庭園を我が物顔に楽しむことでしょう」

一行は口を揃えて主の身に迫る危険を嘆き、その亡命が杞憂なれかしと祈ったが、中でも姫は悲憤のあまり心乱れて、自室に退いた。

一同はなお数日親切な主と起居を共にしたが、やがて隠者を探ねて先を急ぐのであった。

第二十一章　孤独の幸福、隠者の物語

三日目に彼らは農夫に教えられて隠者の庵室に着いた。庵は山懐の洞窟で、棕櫚の木が鬱蒼たる蔭をなしていた。滝からは遠く離れて、穏やかな一様の水音が遥かに聞こえるばかり、梢を渡る風の音が加わる折など殊に心を落ちつけて瞑想するにふさわしかった。自然が大ざっぱに掘った洞穴に人間の手が隅々まで加えられ、内部は数室に分かれてそれぞれの用に当てられており、折にはたまたま暗夜や嵐に行き悩んだ旅人に宿貸すこともあるのだった。

隠者は戸口の長椅子に坐して夕べの涼しさを楽しんでいた。片側には一巻の書が筆紙と共に横たわり、反対側には各種の機器があった。一行が近づくまで隠者は気づかなかったが、姫はその姿を見て、これは幸福への道を発見した、或いは幸福への道を説く力ある、人の顔ではないと言う。

一同が恭々しく挨拶すると隠者もそれに応えたが、そのさまは宮廷のしきたりに習わぬ人とは見えなかった。隠者は言った、「子らよ、道に迷ったのならば、この洞窟が許す限りの一夜の便宜は快く提供しようぞ。自然の要求するだけのものはすべて備えてある。よもや隠者の庵に贅沢を求めもすまい」。

一行は好意を謝し、中に入って、内部のきちんと片付いているのに満足した。隠者は一行の前に肉と酒を置いたが、おのれは果物と水を口にするだけであった。その語るところは快活ではあるが軽薄に流れず、敬虔ではあったが熱中のさまはない。客はたちまち尊敬の念に打たれ、姫は先刻の性急な非難を悔いるのだった。

ややあってイムラックがこう口を切った。「今は、あなたの評判がかくも遠く及んでいるのを不思議とは思いません。我々はカイロであなたの叡智を聞き及び、この若い兄妹が人生の選択をするのに御指導をお願いしたいと推参した次第です」

隠者は答える、「正しく生きている者にはあらゆる生活の様式がみな福じゃ。選択の基準とても、すべて禍と見ゆるものより遠ざかれ、という外にはない」。

王子は言う、「あなたが身を以て示される孤独の生活、それに身を捧げる者が一番確実に禍から遠ざかり得るわけですね」。

隠者は言った、「成程私は十五年孤独の生活を続けている。しかし我が顰みに倣う者を得たいとは思わぬのじゃ。若い頃は私は軍人で、次第に武人最高の位にまで昇った。

三軍を提(ひっさ)げて広い国々を馳駆(ちく)したこともあり、野戦も城攻めも幾度か見ている。その
揚句(あげく)が一青年将校が頻(しき)りに登用されるのを腹に据えかね、同時に我が体力の衰え始めた
るを感じ、所詮(しょせん)この世は陥穽(かんせい)と軋轢(あつれき)と非運ばかりと悟って、せめて生涯の最後は平和の
うちに終えたいと決心したのじゃ。嘗(かつ)て敵に追われてこの洞窟に潜んで助かったことが
あったので、ここを我が終(つい)の住家と定めたのじゃ。そこで職人を雇って数室に仕切らせ、
必要と思わるる品々を身のまわりに貯えたのじゃ。

隠退後暫(しばら)くの間は、嵐に打たれた船乗りが港に入った時のように嬉(うれ)しく、戦(いく)さの慌(あわただ)し
い騒がしさから静かな休息に突然変化したのを喜んだ。物珍しさの喜びが消え去ると、
今度は谷に生(は)える植物や、巌(いわお)から集めてくる鉱物を調べることに毎日を費やした。がそ
ういう探究も今ではつまらなく面倒になった。私はここ暫く落ちつかずいらいらしてい
る。私の心は無数の疑惑や徒(いたず)らな空想に妨げられ、しかもゆっくり寛(くつろ)いだり心を紛らせ
たりする機会がないために、それらが刻々に募ってくるばかりなのじゃ。私は時による
と、この自分という人間は、善をなさんとする気持ちを捨てないうちは悪と縁を切るこ
とができなかったのだ、と考えて恥ずかしくなる。こうやって孤独の身になったのも、
神信心からでも何でもなく、畢竟(ひっきょう)腹立ちまぎれの仕事だったのかと考えたりもするの

じゃ。私の空想は、馬鹿げた場面ばかり無闇(むやみ)に心に描いて見せるので、私は時としては、失ったものが余りに大きく得たものが余りに小さいのを嘆く気にもなるのじゃ。孤独でおれば、悪い人の例を見せつけられることもない代りに、善良な人と交(まじ)わったり忠告を受けたりもなくなってしまう。そんなわけで、人と交わることの利と害を大分前から比較していたのだが、明日にも娑婆(しゃば)に帰ろうと腹を決めた。孤独な者の生活は確かにみじめであるが、必ずしも信心深いとは言えないのじゃ」。

一同は隠者の決心に驚いたが、やがて、それではカイロにお連れしようと申し出た。隠者は巌の間に隠しておいた莫大(ばくだい)な宝物を掘り出し、一同について、その大都(たいと)に向かったが、いよいよ近づいて来ると歓喜して都を眺めるのだった。

第二十二章　自然のままなる生活の幸福

ラセラスはしばしば学者たちの集会に出かけた。この人たちは定めの日に集まって、胸襟（きょうきん）を開いて意見を比べ合うのだった。彼らの態度は些（いささ）か粗野だったがその会話は教訓になり、議論はなかなか鋭かった。但（ただ）し時には猛烈の度が過ぎて、しまいにはどちらの論者も、本来何の問題だったかを忘れてしまうことも珍しくなかった。彼らの間に共通と言ってもよい欠点もあった。例えば誰も他に命令したがるとか、或（あ る）いは他人の天才或いは知識がけなされるのを喜ぶとかの類（たぐい）である。

この集会の席でラセラスはこの隠者との会見を報告し、隠者がわざわざ自ら選んで奇特にも毎日続けていた生活を、自ら罵倒（ばとう）するのを聞いた時の驚きを語った。聞く者の批評は各種各様であった。そういう愚かな選択をするから当然の罰として永遠の辛抱を余儀なくされたのだと言う者もあった。中に最も年若な一人は、口を極めて、その男は偽善者だと宣告する。社会は各個人に労働を要求する権利があるので、隠遁（いんとん）生活などは義務を怠るものだと言う者があるかと思えば、反対に、社会の要求が満たされた後で、個人が隠遁して自分の生活を批判し心を清めることも差し支えない時だってあるさと、あっさり寛大に言う者もあった。

中にこの話を聞いて特別感動したらしい一人が言った。その隠者とやらは、二、三年うちに恐らく再び隠遁するだろう。そして、恥ずかしさから遠慮したり死に妨げられたりがなければ、もう一度隠遁から娑婆(しゃば)に戻って来るであろう。「なぜならば、人間には幸福を得たいという望みが強く強く刻み込まれていて、その結果どんな経験を重ねてもそれを掻(か)き消すことができないからだ。我々は、現在の境遇が如何(いか)なるものであれ、それをみじめなものと感ずる者であり、感ずれば口に出しても言わねばならない。しかもその同じ境遇が再び遠く隔たると、想像がそれを望ましいもののように描き出すのだ。しかしいつかは必ず、望みを持つことが苦の種(たね)でなくなる時が来るだろう。そうすれば何人(なんぴと)も、おのれに過失なき限りみじめにはなり得まい」

この説を非常にいらいらした様子で聞いていた一哲人が言った。「君の言うその状態に賢い者は現在既に達している。何人もおのれに過失なき限りみじめでないという時は既に到来しているのだ。自然が親切にも我らの手近に置いておいてくれた幸福を、探(たず)ねて廻(まわ)るくらい無駄な話はない。幸福への道は自然のままに生きることだ。すべての者の心に本来刻み付けられている普遍不可変の法則に従うことだ。その法則は教えによって心に書き付けられたのではなく、運命によって彫り付けられているのだ。教育によって注ぎ込まれたのではなく、生まれながらにして心に染み込んでいるものなのだ。自然のままに生きる者は、希望に惑わされたり欲望の執念深さに閉口したりはせぬだろう。受けるも斥けるも一様な平静な心を以てし、積極的に出るも受け身の立場に立つも物の道理がその時その時に命ずるがままにするだろう。余人は難しい定義を弄んだり、複雑な理窟を楽しんだりもしよう。この人たちはもっと手軽な方法で賢なることを知るのだ。森の牝鹿、林の紅雀を見習うのだ。本能のままに動く動物の生活を模するのだ。動物の指導に従って、そうして幸福なのだ。我らもさらば究極においては議論することをやめて、生活することを学ぼうではないか。大威張りで物々しげに説く御本人にも解らぬような厄介な教えはサラリと棄てて、ただ次の誰にも解る簡単な金言だけを身につけようではないか。曰く、自然からの逸脱は幸福からの逸脱である」

　語り終えるとこの哲人は、落ちついた様子で周囲を見廻し、我が言の善なるを意識するようであった。王子が頗る謙遜に言った。「全人類と同じく私は幸福を切望する者でありますから、あなたのお話をこの上ない注意を払って承っていました。私はあなたほどの学者があれほど自信を持ってお述べになったお説が真理であることを疑いません。ただ一つ伺いたいのは、自然のままに生きるとはどうすればよいのでしょう」

哲人は言う、「若い人たちがこれほどへりくだってこれほど素直なのを見ては、私が研鑽の結果我がものとした知識を拒むことはできない。自然のままに生きるとは、原因結果の諸性質、ないしその関係、から生ずる条理というものに常に正当な顧慮を払いつつ行動するということだ。普遍の幸福の偉大不可変な設計に合致するということだ。現在の事物の体系の一般的傾向に協力するということだ」。

王子は直ちに、この人もまた聞けば聞くほど解らなくなる賢人の一人だということを見て取った。そこで彼は一揖して黙した。哲人は王子が満足したものと考え、また論敵を克服したものと考えて、立ち上がると、現在の事物の体系に協力した様子で立ち去るのであった。

第二十三章　王子、姫と観察の業を分担す

ラセラスは家に帰ったが、とつおいつ思案に暮れ、将来の方針を何処（どこ）に向けるべきかに悩んだ。幸福への道は学者も愚者も斉（ひと）しく知らない。が、自分はまだ若い、まだまだ実験を重ね探求を進める時は残っている、と考えてわずかに自ら慰めた。王子は我が考え我が疑いをイムラックに打ち明けたが、イムラックの答えは更に疑惑を増すのみで、王子を励ます言葉はなかった。そこで今度はよりしばしばより自由に妹と語り合ったが、まだ王子と同じ希望を抱（いだ）く姫は、従来の蹉跌（さてつ）は蹉跌として、遂（つい）には成功も可能であろうと、理由を挙げて常に王子を力づけるのであった。

姫は言った、「我々はこれまで世間を殆（ほとん）ど知らなかったのです。偉大な身にも卑小な身にもなった経験がないのです。国にいた頃は王族として崇（あが）められてはいましたが、権力は持っていませんでした。この国に来てからはまだ平和な家庭の安息所を見ていません。イムラックは我々の探索に好意を持っていません。いつかは我々が彼の誤りを発見することを恐れているのです。お兄様、これからは仕事を二人で分担しましょう。お兄

様は立派な宮廷を見て歩いて下さい。私はもっと賤しい人たちの隠れた生活を覗いて廻りましょう。権威を以て人の上に立つ生活が最高の幸福なのかも知れません。そういう生活は善を行う機会を一番多く与えてくれるからです。しかしまた事によるとこの世の至福は、偉大な事業を思い立つには低い、さればとて赤貧困窮とも程遠い、中流の人たちの目立たぬ住居に見出されるのかも知れません」。

第二十四章　王子、高位の人の幸福を探る

ラセラスはこの思い付きを褒めそやし、翌日早速堂々たる供奉を従えて総督の宮廷に現われた。やがてその威容の故に注目を惹いて、遠い国々から好奇心に駆られて訪れて来た王子として、偉い役人たちとも親しくなり、総督その人ともしばしば会話を交える機会を与えられた。

最初の程は王子の考え方は、万人が仰ぎ尊敬し服従するような、おのれの命令を広く一国内に及ぼす権力を持つような人間こそ、その境遇に満足しているに相違ない、という方に傾いていた。王子は思った、「善政を施せば何千何万の者が皆幸福である。その何千何万の喜びを直ちに我が喜びとするほどの幸福が他にあろうか。しかも君臣の法則から言えば、かかる至高の喜びは一国に一人しか享受し得ない。してみれば何かもっと多数の者の手にし得る満足があるはずと考えるのも当然であろう。何百万の者がただ一人の胸に一人限りの満足を満喫させるためのみに、その一人の意志に従わねばならぬという法はないのだ」。

王子はしばしばこのように考えながら、その難問を解き得なかった。ところが今、贈物、心尽くしの数々で親しく交わるようになってみると、高位にある殆どすべての者がお互いに仲間同志憎み合っていることを知った。彼らの生涯はことごとく陰謀と密偵、奸策と逃亡、党争と裏切りの絶えざる連続であることが解った。総督を取り巻く者の中にも、その行動を監視密告するだけの目的で派遣されている者が少なくない。舌という舌が非難の言を呟き、眼という眼が落度あれかしと探し廻っているのであった。

遂に召還状が到着し、総督は鎖につながれてコンスタンチノープルに連行され、その名は二度と人の口に上らなくなった。

ラセラスは妹を顧みて言った、「権力に伴う特権を我々はいったい何と考えるべきだろう。権力も善への効験を持たぬのだろうか。それとも第二の地位のみが危険なので、最高の地位は安全栄誉のものなのだろうか。サルタンのみがその領土内で唯一の幸福者なのか、それともサルタン自身も猜疑に心を苦しめ、敵を恐れているのだろうか」。

間もなく第二の総督も廃せられ、彼を抜擢したサルタンは親衛隊に暗殺され、その後継者は違う政見を持ち全く別の寵臣を抱えるのであった。

第二十五章　姫、営々と探求に従事して成果を得ず

さるほどに姫の方はあちこちの家庭に入り込んだ。惜しみなく物を与え、その上に愛想を振りまいて、なお入って行けない戸口はあまりないのである。家々の娘たちは軽快快活であったが、ネカヤアは長い間イムラックや兄との会話にばかり慣れて、子供っぽい軽薄さや意味もないおしゃべりは余り気に入らなかった。姫から見ると連中の思慮は狭く、望みは低く、そのさんざめきは往々とってつけたようであった。連中の喜びも、貧しいながらに純粋のままではあり得ず、とるにも足らぬ競争心、つまらない張合いで苦味が添うのであった。常にお互いの美を嫉妬し合い、望んで得られず誹謗しても減らすことのできないことがあればやはり嫉妬の種となった。自分ら同然のろくでなしと恋に落ちたり、実は他愛もない気持ちなのを恋と思い込んだりする者も多かった。愛情に分別や貞操の裏づけがないから、したがって腹立ちに終わらない例は少なかった。がそこはまたよくしたもので、喜びが束の間なら悲しみも束の間、何もかも彼らの心中では過去にも未来にも関係なしにフワフワ浮かんでいる。その結果は、水に投げた石の波紋

を次の石が消したり乱したりするのと同然、欲望も簡単に次の欲望に席を譲るのであった。

こういう娘たちを相手に、姫は毒にもならぬ動物相手くらいに遊んでいたが、連中の方は姫に目をかけられるのを誇りながら、座を同じくするのは喜ばない様子が見えた。が姫の目的はいよいよ深く探ることであった。姫の愛想のよさは、悲しみに膨(ふく)れている心に、その秘密を姫の耳に打ち明けるように仕向けることも容易だった。また希望に有頂天になり順境に悦に入っている面々も、喜びを頒(わか)とうと姫の所を求めて来ることがしばしばであった。

姫と兄王子とは、大概夕景にナイルの岸のひそやかな涼亭に落ち合って、その日の出来事を語り合った。二人は共に腰を下ろし、姫は前を流れる川に眼をやって言った。

「八十の国々に洪水を起こすという汝(なんじ)偉大なる水の父よ、故国の王の娘が問いに答え給え。あなたの全水路を通じて、あなたの水注(そそ)ぐただ一軒の家たりとも不平の呟(つぶや)きが洩(も)れ聞こえぬ家があるでしょうか」

ラセラスが言った、「してみると妹、おまえが個人個人の家を探すのも私が宮廷を見(み)て廻(まわ)るのと同様、いい結果はないのだね」。姫が答える、「このまえ二人の領分を分けた時から、多くの家庭に親しく出入りできるようになりましたが、どう見ても繁栄平和この上なしと見える家でも、何か家庭の静穏を破る災厄の付き纏っていない家は一軒もないのです。

　私も貧しい人たちの中に安楽な生活を求めはしませんでした。そういうことはあり得ないと決めていたからです。が楽な暮しをしていると思っていた人で案外貧しい人はなかなか多いのです。貧乏は大都会ではさまざまな外観をとります。時には壮麗の中に隠れ、時には贅沢の中に潜んでいます。非常に多くの人が、自分の貧困を人から隠そうと苦労するのです。そういう人たちはその日その日の急場凌ぎで生活を支え、毎日毎日が明日の工夫に暮れていくのです。

　しかしこれなどは、よく出逢うのですが、見てもさして苦痛を感じない禍です。救ってやることができるからです。しかし中には私の恵みを拒む人もありました。差しのべる救援の手を喜ぶより先に、困窮を見抜く私の眼力に腹を立てるのです。また、中には、ドタン場に迫られていて私の親切を受けざるを得なかったくせに、余計な恩を売ったと言って後々まで私を宥し得なかった人もあります。しかし多くは心から感謝しながら、その感謝を外に表わさず、また重ねての好意を望もうとしないのです」。

第二十六章　姫の家庭生活論つづく

ネカヤアは、兄が一所懸命聞いているのを見て、話を進めた。

「貧しい貧しくないはともかくとして、家庭には大概不和が付き物です。イムラックは国とは家庭の大きなものだと言いますが、逆に家庭は国を小さくしたもので、党派争いに支離滅裂となり、革命の危険にさらされています。観察に慣れない人たちは、親子の愛は一定不変と思っていますが、こういう情愛が子供の時期を過ぎてなお続くことは珍しいのです。少し大きくなると子供は親の競争者になります。子供のためよかれとばかり願っていた気持ちが、とかく叱言ばかり出るようになり、子の方も感謝ばかりだったものが嫉妬の気持ちに堕落します。

親子が心を合わせて行動することも滅多にありません。子供の一人一人が親の敬愛を独占しようと努めれば、親の方は親の方で、そんな必要は一向ないのに、子に向かってお互いのあばき合いを始めます。揚句の果ては或る子は父親を信頼し或る子は母親を信頼する、家うちには次第次第に策略や対立が充満してきます。

子の意見と親の意見、若い者の考えと年寄りの考えは、格別どちらも悪くなくまた愚かでもなくても、春秋に富む者と気力をなくした者、期待に燃える者と何もかも経験してきた者という対立的な立場からして、正反対になるのは寧ろ当然です。人生の色合いが、若い者と年寄りとで違って見えるのは、ちょうど春と冬で自然の風景が変わるようなものです。子が親の主張を聞いても、自分の眼には嘘としか見えないことを信ずる気持ちにどうしてなれましょう？

子に与える教訓を自分の立派な生活で裏打ちするような行動をする親も滅多にありません。老人は徐々の工夫、漸進的進歩を全面的に信頼しますが、若い者は天分と精力に任せて早急に自分のやり方を押しつけようとします。老人は富に敬意を払い、若い者は善を尊びます。老人が慎重さを礼讃すれば、若い者は太っ腹と偶然に身を委ねます。若い者は自分に悪い気がないから、人も悪いことはしないものと信じ、したがってあけっ放しの率直さで行動しますが、父親の方は詐欺にあった苦い経験もあるから、つい人を疑う気にもなり、また人をだましてやろうかという誘惑も絶えず感ずるのです。老人は青年の向う見ずを怒りの眼で眺め、青年は老人の小心ぶりを軽蔑の眼で見るのです。こうして、親と子は、大概の場合、生活が続けば続くほど愛情はますます減っていきます。

自然がかくも親密に結び付けてくれた親と子さえお互いに苦しめ合うものならば、我々は何処(どこ)に情愛とか慰め合いとかを求めたらいいのでしょう?」

　王子は言った、「おまえは知合いになる人の選択によくよく不運だったに違いない。人倫の関係の中でも一番情愛のあるべき親子の間が、おまえの言うように、本来の必然性によって邪魔される、とは信じたくない」。

　姫が答える、「家庭の不和が必然的宿命的に不可避だと言うのではありませんが、しかしそれは簡単には避けられないのです。一家の全員がよい人ばかりということは滅多にありません。善人と悪人とでは意見も一致しません。また悪人同志の意見の一致は更に難しいことです。正しい者同志でさえ、その正しさが種類を異にし、両極端に走るような場合は、両者の意見の喰(く)い違うことはあるのです。概して言えば、一番尊敬に値する親がやはり一番尊敬されます。正しい生活をしている者は軽蔑されることがないからです。

　その他にも家庭生活を毒する禍(わざわい)は沢山(たくさん)あります。召使いに家のことを任せて、その召使いに頭が上がらなくなってしまった人もあります。富める親戚の気に入ることもできず、怒らすことも敢(あえ)てせず、その親戚の気まぐれに絶えず心配ばかりしている人もいます。権柄(けんぺい)ずくの夫があれば、根性曲がりの妻もあります。善行よりは悪事がし易い理窟で、一人の叡智(えいち)や徳行は滅多に多数を幸福にし得ませんが、一人の愚行醜行は往々にして多数の者を不幸にすることがあるのです」。

王子が言った、「結婚の結実が通常そのようなものなら、将来私は自分の利害を別人の利害と関係させることを危険と思うだろう。伴侶(はんりょ)たる者の落度によって不幸になることは御免だからな」。

姫も言う、「そういう理由で独身を続けている人にも沢山逢(あ)いました。しかしそういう慎重さが羨望(せんぼう)に値するとは考えられません。そういう人たちは友もなく愛することもなく徒(いたず)らに夢を見て日を暮らし、子供っぽい遊戯や感心しない楽しみに耽(ふけ)って所在のない毎日を潰(つぶ)さねばならぬ有様です。自分が一つの点で人にはっきり劣った存在だということを絶えず意識して暮らしていますから、それが毒気となって頭に上(のぼ)り、毒舌となって口から出るのです。彼らは家に居れば愚痴(ぐち)っぽく、外に出れば意地悪です。謂(い)わば人間性の除(の)け者で、社会からは爪弾(つまはじ)きにされる、そうするとその社会の邪魔をするのを自分の仕事とも楽しみともするのです。人に同情もせず人からも同情されもせずに生きているということは、或(あ)いは幸運なことがあってもそれが他人の幸福に寄与することにもならず、苦しいことがあっても他人の同情に慰められる味を知らないということは、山中の孤独生活よりも更に陰鬱（いんうつ）な生活でしょう。それは隠遁（いんとん）することではなくて、人間社会から隔離されることです。結婚にも苦は多いでしょうが、独り暮らしに楽しみはありません」。

ラセラスが言った、「それではどうしたらよいのか。探れば探るほど解決は難しくなる。自分のこと以外何も考えないでよい人間が一番楽しく暮らせそうだがな」。

第二十七章　王者の地位を論ず

会話はちょっと途切れた。王子は妹の言ったことを考えてみて、おまえは先入主を抱(いだ)いて人生を眺めたのだ、不幸がありもしない所に不幸を想像したのだ、と言った。王子は更に言う、「おまえの話は、将来の見通しに更に一つ暗い影を投ずるものだ。ネカヤアの描いて見せる禍(わざわい)に比べれば、イムラックが予言したのなどはほんの微(かす)かなスケッチに過ぎなかった。ところで私もこの頃はっきり判(わか)ってきたが、静かな生活というものは権力ある高い地位から生まれるものではないのだ。富で購(あがな)うことも征服して奪うこともできないものだ。誰にもせよ、活動の範囲が広くなれば、敵意を以(もっ)て反対されたり偶然のことで失敗したりの機会も多くなることは明白だ。多くの者の機嫌をとったり支配したりせねばならぬ者は、多勢の手を借りねばならない。途中の媒介が多勢になれば中には邪(よこしま)な者も無知な者も出て来る。或る者は彼を誤らせ或る者は彼を裏切るだろう。一人が満足しても一人は腹を立てる。運に恵まれない者は自分が傷つけられたと思おうし、元来幸運は少数の者にしか与えられないのだから、大多数の者は絶えず不満を持つことになるだろう」。

姫が言った、「そんな不合理な不満なんかは、私は常に軽蔑してやるだけの元気を持ち、お兄様は抑えてしまうだけの権力をお持ちになればよいわ」。

ラセラスは答える、「最も公正に細心の注意を以て行政を施している場合でも、不満必ずしも理由がないとは言えない。貧乏のため或いは党派争いのために能ある者がたまたま埋もれているような場合、どんなに気をつけていても、それを必ず見出すというわけにはいかないし、また見つけ出した場合、どんなに権力を持っていても必ずそれに報いるというわけにもいかないのだ。また、自分以下の功しかない者が自分を超えて登用されたりするのを見れば、誰しもその抜擢を愛怙の沙汰とし気まぐれのせいとするのは当然だろう。しかも、如何に生まれつき太っ腹でも身分が高い人でも、固定して少しも揺るがぬ公正な賞罰の規準を永久に保持するということは望めない。時には自分の好悪、時にはまた寵臣どもの好悪に左右されることになる。何の役にも立たぬ人物が取り入ってくるのに乗せられてしまうとか、自分の好きな人間に現実にありもしない美点を認めてしまうとか、お気に入りの者にはこちらも何か望みを叶えてやろうという気になるとか、そういうことはありがちなことなのだ。こうして、時には金銭で買った推挙が物を言ったり、或いはもっと悪い阿諛とか卑屈とかで取り入る者がのさばったりすることにもなるのだ。

　また、仕事の多い者は時には間違ったこともしてしまう。そうすればその間違いの結果を甘受せねばならぬ。また仮に絶対に間違わないということが可能だとしても、そのすることを裁く者の数が非常に多い場合、悪い者は悪意で、善良な者でも時には誤って、非難したり妨害したりすることもあろう。

　そういうわけで人間最高の王者の地位というものは幸福の座であるわけにはいかない。幸福は王座や宮殿から逃げ出して、身分低い者のひそやかな生活、埋もれた落ちついた生活に移ったと私は考えたい。そういう身分の低い者は、才能相応の仕事に携わってもおり、自分の勢力の及ぶ全範囲を自分の眼で見ることもできる、信頼する人を選ぶにも自分の知っている範囲で選ぶ、そういう人を格別あだな希望や恐怖を抱かせてだましてやろうという気を起こす者もいない、というわけだから、そういう人の満足を妨げたり期待を裏切ったりするものは何もなかろうではないか。そういう人はただ愛し愛され、善を行って幸福に暮らしてさえいればよいわけではないか」。

　ネカヤアが言った、「完全な善人が完全な幸福を与えられるものかどうかは、この世の中を幾ら見ていても絶対に決められないことです。ただこれだけは言えるでしょう。それは、眼に見える善に比例して眼に見える幸福が与えられるとは必ずしも言えないということです。あらゆる自然の禍、いや政治的な禍さえその殆ど全部が、悪人善人の区別なくふりかかってきます。飢饉の災難には善人も悪人も同じようにひどい目に遭うし、党派争いの厄難にも大した違いなく捲き込まれます。嵐にも共に沈み、敵の侵略には善悪ともに国外に逐われます。ただ善人に与えられるのは、良心に省みて恥ずることなしという気易さと、いつかは幸福になれようという落ちついた見通しだけです。これがあるから我々は災難も辛抱強く堪え忍ぶことができるのでしょうが、堪え忍ぶというのはやはり苦痛を前提としていることは間違いないのです」。

第二十八章　ラセラスとネカヤアの会話つづく

ラセラスが言った、「姫よ、おまえは世間によくある誇張の誤りに陥っている。おまえが真しやかに述べる国難とか広い区域に亘る災害とかの話は、物の本にこそ見えているが、現実のこの世にはあまりないこと、物凄い代りには神も滅多に下し給わないことなのだ。直接身に感じない禍を想像したり、実際以上に悪く考えて人生を滅茶滅茶にしたりはやめようではないか。あらゆる都市がエルサレムのように包囲されるぞと脅したり、蝗の群が飛び立てば必ず飢饉がつきもののように言ったり、南から風が吹く度にそれが疫病を運んで来ると考えたりするような愚痴っぽい弁舌には私は我慢がならない。

多くの国々を一嘗めにしてしまうような必然不可避の禍については、一切の論議が無用だ。禍が起こったら忍ぶより仕方がない。しかしそういう国を挙げての悲嘆というようなことは、起こりはせぬかとビクビクするだけで、実際になって現われることはまずないのだ。何千何万の人間が若くして栄え年老いて朽ち、家庭の禍以外を知らず、上に知ろしめす王が穏やかであろうと残忍であろうと、その国の軍隊が敵を追おうと追われて退却しようと、そういうことには関係なしに、同じ喜び同じ腹立ちを感ずるだけなのだ。宮廷が内争に乱れ、大使たちが外国に折衝を重ねようとも、鍛治屋は依然として鎚を揮い、農夫は鋤を前に進めるのだ。生活の必需品はやはり要求され獲得され、四季それぞれの営みはやはり平素の循環を続けるのだ。

　だから我々も、そういう恐らくは起こらないだろうこと、また万一起こったとなったら人間の考えることなど歯牙にもかけないであろうことを考えるのはやめよう。地水火風の動きを変えようと図ったり、国家の運命を固定させようと努めたりするのはやめようではないか。我々になし得ることを考えるのが我々の役目だ。めいめいがおのれの幸福を目ざして働き、如何に狭くともおのれの縄張りの内で他人の幸福に寄与しようと努めればよいのだ。

　結婚ということも明白に自然の命ずることだ。男と女とは互いに伴侶たるように作られているのだ。そう考えると私は、結婚が幸福への一方便でないとは考えられない」。

　姫は言った、「私には、結婚も人生を不幸にする無数の方法の一つに過ぎないように思えます。私は夫婦間の不幸の色々な姿をこの目で見ているのです。思いもかけぬことが長年の不和の因になったり、性が合わなかったり、意見が喰い違ったり、双方が猛烈な衝動に駆られる性の場合だと相対立する情欲が遠慮なしに衝突してみたり、そうかと思うと、双方善意の意識に支持されながらおのおのよしとするところが一致しないで強情な争いになってみたり、色々のことを見るにつけて、私は往々、大概の国の厳しく物を考える決疑論者たちと同様に考えたくなるのですが、結婚は神も止むを得ず認められたもので、心からよしとし給うものではないと思われるのです。将来解くにも解かれぬ縺れの中に深入りして自分で自分の首を絞めるようなことを好んでする者はあるまいと思えるのですが、やはり情熱を余りにも募らせた揚句が結婚ということになってしまうのでしょう」。

ラセラスが答える、「おまえはたった今、結婚生活よりも独身の方が幸福が少ないと言ったのを忘れているようだね。どちらの状態もよくはないということはあっても、両方とも最悪だということはあり得ないわけだ。だから間違った意見が二つある場合には、二つがお互いに殺し合って、却って真理をつかみ得ることになったりするというわけだね」。

姫は答えた、「人間の気は変わり易いのです。それを嘘つき呼ばわりされるとは思いませんでした。広くひろがっていてしかも各部分がまちまちであるような対象を正確に比較して考えるということは、眼でも困難、頭でも困難です。全体が一目で見える場合、全体を一つのものとして考えられる場合ですと、我々は容易に相違に気づき、どちらが好きかも決められます。しかしここに二つの大きなものがあって、そのどちらも途方もなく大きい上に色々とこみ入っていたりして、人間の眼で一目に眺め渡すことができないというような場合ですと、つい一部分から全体を推して、両方がかわるがわる私の記憶或いは想像を刺戟するままに、あちらにひかれたりこちらにひかれたりするとしても、止むを得ないことではないでしょうか。問題の一部分だけしか見ていないのですから、政治と道徳の種々さまざまな関係に対する場合と同じで、ちょうど二人いれば二人の意見が違うように、一人でも甲の時と乙の時とで意見が違うのです。が、もし数の計算などのように、全体が一目で判る場合は、すべての者が一つの意見に一致し、また途中で自分の意見が変わったりも致しません」。

王子が言う、「いや、人生には既に禍が沢山あるのだ。その上に、議論から仲違いするような禍まで付け加えるのはやめよう。難しい理窟の競争に青筋立てるのはやめようではないか。我々は一つ事の探求に従事しているので、成功すれば喜びを頒ち合い、失敗すれば一緒に苦しむべきはずだ。とすればお互いに助け合うのがよい。おまえが、結婚は不幸だから結婚という制度がいかんと言うのは、余りにも性急な結論だよ。その流儀でいけば、人生には悲惨事が多いから人生は神の賜物ではあり得ないということにもなるではないか。世界の人口は結婚で殖えるか結婚なしで殖えるか、どちらかよりないわけだ」。

ネカヤアはやり返した。「世界の人口がどうなろうと、私の知ったことではありません。お兄様だってそんなことを心配なさるには及びません。今の世代の人たちが後継ぎを後に残すことを忘れそうな危険は少しも見えません。我々が今探求しているのは、何も世界の人たちのためではなく、我々自身のためなのです」。

第二十九章　結婚論議つづく

ラセラスが言う、「全体の善は各部分の善と一致する。結婚が人類にとって最善のものなら、それは明らかに各個人にとっても最善でなければならない。そうでないなら永遠に必然的な一つの義務が禍の因にならねばならず、或る人間が他の者の便宜の犠牲にならねばならない。二つの状態におまえが下した評価の中で、独身生活の不便は大部分必然的で逃れられないものだが、結婚生活の不都合な点は偶然的な、避けようと思えば避けられるものばかりのようだ。

私は、甘いかも知れないけれど、慎重さと善意とがあれば結婚は幸福になり得ると考えざるを得ない。人間がみな愚かなばっかりに皆が文句ばかり言うことになるのだ。若い者の未熟さで、情欲の熱に憑かれて、判断も洞察もなく、意見が合うか合わぬか、習慣が似ているか、判断が正しいか、気持ちが純かどうか等を調べてもみずに相手を選ぶのでは、結果は失望と後悔以外何も期待できないのは当たり前じゃなかろうか。

大概の結婚はこういう過程を踏むのだ。若い男女が、偶然に逢うか誰かの細工で逢わされるかして、眼と眼を見交す、慇懃を交換する、家に帰ってお互いの夢を見る。他に注意を惹くものも思想をそらすものも持ち合わせないから、離れていると落ちつかないということになる。そこで一緒になったら幸福だろうという結論が出る。結婚する。前にはわざわざ自分から盲になっていたばっかりに見えなかったことが段々見えてくる。喧嘩口論で一生を磨り減らして、自然を残酷だと言って責めることになるのだ。

親と子との競争だってやはりこういう早婚の産物さ。親父の方が世を棄てようという気にならないうちに、伜の方が世の中を享楽したい気を起こしてくる。ところが同時に二つの世代を容れる余裕なんかありはしない。母親が凋んでもいいと思わないうちに娘の方が花を咲かせ出すから、両方とも、ああもう一人がいなければよいのにと願わざるを得ないのだ。

結婚は一度選んだら取返しのつかぬもの、慎重に考えれば念には念を入れてゆっくり考えろということになる。そうすれば今言ったような禍はすべて避けられるのだ。若い時の楽しみは色々の変化もあれば愉快でもあって、人生は、伴侶の力を借りなくても結構やって行けるのだ。時が長くなれば経験も増す、物を見る目が広くなって、調べたり選んだりの機会もずっと多くなる。晩婚には少なくとも一つだけは間違いない利益がある。親が子よりも目に見えて老けているということだ」。

ネカヤアが言う、「理性で考え得ないことや実験して覚えたのでないことは、ただ他人の言うことから知る外はありません。私は晩婚も特別際立って幸福ではないと聞いています。これはゆるがせにできない重大問題ですから、私は何度も、観察が正確で知識が広くてその意見は傾聴に値するような人たちに持ち掛けてみました。そういう人たちは大抵こう断定するのです。男と女が、意見も固定し習慣も確立し、双方で交際の契約も成立し、一生の計画もちゃんと出来上がり、もう大分前から将来の見通しを考えて楽しんでいるという頃になって、なお互いに宙ぶらりんの関係にあるのは、危険だ、と言うのです。

偶然に導かれて人生を旅して歩く二人の人間が、二人ながら同じ道に導かれて来たというようなことはまずあり得ないことです。また、慣れて歩き心地がよくなった自分の道をどちらかが進んで離れるというようなことも滅多にないことでしょう。若い間の行き当たりばったりの軽はずみな行き方が、落ちついてきて矩を越えない年頃になってくると、たちまち自尊心にかわって、人に屈することを恥と思うようになります。或いは争うことを喜ぶ強情さが生まれます。仮にお互いに尊敬し合って、そこから互いに相手の気に入ろうとする気持ちが生ずるとしても、時そのものが、一方では取返しのつかないように容貌を変えてしまうと共に、一方では情熱の方向を決定し、生活態度に融通の利かない硬さを与えるのです。長い間の習慣は容易に破られるものではありません。自分の人生進路を変えようと試みる者は大概の場合無駄骨折に終わります。自分の進路さえ変え得ないとすれば、他人の進路を変えるなどということがどうしてできましょう?」

王子が語を挿む、「だけど、それでは選択の第一の動機を忘れる、或いは無視することがあり得ると考えているのだね。私が妻を探す場合なら、私にとっての第一の問題は、どうしても、妻たる者が理性によって導かれることを喜ぶか否かということより外にないね」。

ネカヤアが言う、「哲学者たちが考え違いをするのもそこなのです。我々の身近な問題で、理性ではどうしても決定できないことが山ほどあるのです。理窟で考えたのでは捕えどころのない問題、論理が滑稽に見える問題があるのです。何とかしなければならないが、口に出しては言いようのない場合があるのです。人類の実情をよく考えて御覧なさい。大小色々な場合に、人間がおのれの行動の理由をいちいち頭に考えて行動していると考えられる場合がどれだけあるでしょうか。その日一日の家庭の瑣末な些事を、いちいち毎朝理性で考えて決めねばならぬような夫婦があるとしたら、それこそみじめとも何とも言いようのないみじめさではないでしょうか。

年が行ってから結婚する者は、恐らく子供らに縄張りを侵されることだけはないでしょう。しかしこの利益を帳消しにする難点があります。彼らは子供らを、無知で頼りないままに誰か保護者の慈悲に委ねることになりがちです。仮にそこまでは行かずとも、少なくとも最愛の子弟が賢くも偉くもなるのを見届けないでこの世をお暇せねばなりません。

つまり子供らを怖れることも少ないかも知れませんが、一方子供らに望み得ることも少ないのです。その上、若い時代の愛の喜び、つまり、お互いに生活態度も固まり切らないで柔軟性があり、頭も新しい印象を受け得る間に一緒になることの有難さ、それがあるから二人の喰い違いも長い間起居を共にすることによってなくしていくことができる、それはちょうど柔らかな物体同士が長い間摩擦し合っていると、両方の面が相手にぴったりはまるようになるのと同じですが、そういう有難さを彼らは知らないで済んでしまう、しかもそれに代るものとてはないわけなのです。

ですから晩く結婚する者は子供らに最大の喜びを見出し、早く結婚する者は相手にそれを見出すということになると思います」。

ラセラスが言う、「その両方の愛情を一緒にできたら、それ以上は望めないものが出て来るのだろうが。事によると両方を一緒にできる結婚の時期というものが、父たるに早すぎず夫たるに遅すぎないという時期が、あるのかも知れない」。

姫が答えた、「イムラックが絶えず言っていたあの、『自然の賜物は右にもあり左にもある』という言葉が結局正しいのだと思う私の気持ちは、刻々に強まるばかりです。人の希望をそそり立てるような条件というものは色々あって、それが一つに近づけば一つからは遠ざかるように出来ているのです。まるで正反対の利益というものがあって、両方を攫むことは到底できないし、それどころかあまり慎重に考えていると、どちらにも手の届かないような離れた所で両方の間を通り抜けてしまうことさえあるのです。下手に考え込んでいると、得てしてそんなことになるので、人間に許された以上のことをしようなどと骨折る者は何もし得ないのです。相容れない楽しみを両方とも手に入れようなどと甘いことを考えてはいけません。目の前に並べられた神の賜わり物のうちでどちらかを選んで満足することです。春の花の香りで鼻を喜ばせながら、同時に秋の果実を味わうことはできない相談です。ナイルの源の水と河口の水と両方を同時に杯(さかずき)に汲(く)もうといってもそれは無理なのです」。

第三十章　イムラック入り来り話頭を転ず

この時イムラックが入り来って二人を遮った。ラセラスが言った、「イムラックよ、私は姫から家庭生活の鬱陶しい話を聞いていたところだ。これ以上探求を続けるのがほとほと厭になった」。

イムラックは言った、「あなたは人生の選択をしていながら、生きることを怠っているように思えます。あなたはたった一つの都市ばかりをうろついておられますが、それでは如何に変化に富む大きな都市でも、もはや珍しいものを提供し得ないでしょう。あなたはこの国が、最も古い王国の中でもその住民の力と叡智との点で有名な国であることをお忘れのようです。世界を照らす科学というものが初めて曙光を放った国、文明社会の諸技術も家庭生活の諸芸もその国以前には溯り得ない国であることをお忘れのようです。

古代エジプト人は勤勉と権力との記念塔を残しています。それを前にしては万人の見るところすべてのヨーロッパの壮麗も光を失うのです。彼らの建築の遺跡は近代の建築家の学校であり、時の手を逃れた驚嘆すべき諸技術から我々は不確実ながら時に滅ぼされたものを推測し得るのです」。

ラセラスが言う、「私の好奇心は、石の堆積や土の塚などの見物には強く惹かれない。私の仕事は人間が相手だ。私がここにやって来たのは、寺の廃墟の寸法を計ったり埋もれた溝渠の跡を辿るためではなく、現在の世の中のさまざまな場面を眺めるためなのだ」。

姫も言った、「いま眼前にあるものが注意を呼ぶのですし、また注意する値もあるのです。古い時代の英雄や記念碑に何の用がありましょう？　二度と帰らぬ古い時代や、現在の人類の条件が到底要求も許容もしないような生活様式下にあった英雄などに？」

詩人が報いる、「何事かを知ろうと思えばそのことの結果を知らねばなりません。人間を知るには人間のした仕事を見る必要があります。理性が何を命じ熱情が何を刺戟したかを知って、行動の最も強力な動機が何であるかを突き止めねばなりません。現在を正しく判断するためには我々はそれを過去と対比させて見なければいけない。すべて判断というものは相対的のものであり、将来については何一つ知り得ないのですから。真実を申せば、人間誰しも現在を深く考えることは少ないのです。過去の追憶かさもなくば将来の予想、いずれかが我々の時間の殆ど全部を占めているのです。我々の持つ熱情は、喜びと悲しみ、愛と憎しみ、望みと怖れ等ですが、その中で喜びと悲しみは過去を対象とします。将来が望みと怖れの対象になります。愛と憎しみとさえも過去に関係します。結果の前に原因があったに違いないのですから。

現在の事態というものは前にあったものの結果です。したがって、我々が今享受する利益、或いは我々が今苦しむ禍の根源は何であったかを探ろうとするのは極めて当然のことです。我々が我々自身のためにのみ行動するものとしても、歴史の研究を等閑にすることは褒めたことではない。まして、他人のためということも託されているとなれば、それは一つの不正です。自ら求めて無知であるということは一つの犯罪です。如何にせば無知を防止し得るかを学ぶことを拒む者があれば、禍に見舞われるのが寧ろ当然でしょう。

歴史の中でもすべての人に一番役立つのは、人間の精神の進歩、理性の徐々に発達した過程、科学の次から次と発展したさま、学問と無知――それは考える存在たる人間の明と暗とでも言うべきものですが――その両者の盛衰興亡、諸技芸の亡びまた蘇生した顛末、知の世界の変動の跡、等に関する部分でしょう。戦争や侵略の記事のみが特に君主たちの関心事だとしても、有用な技術優雅な美術等も等閑にはできません。王国を統治せねばならぬ者は、人間の悟性を育成もせねばならぬのですから。

実例は口先だけの教えよりも常に有効です。軍人は戦場で作られるし、画家は模写をせねばなりません。この点、思索生活は恵まれています。偉大な行動を実地に目撃することは滅多にありませんが、技術が何を成し遂げ得たかを知ろうと欲する者は、常に技術の労作の結果を目のあたりに見ることができるのです。

人間の眼が、或いは想像が、何か非凡な作品に打たれるとすると、活発な精神なら更に進んでその作を成し遂げた手段を考えます。ここにそういう思索の真の効用が始まります。我々は新しい考案によって我々の理解を広め、ことによると人類が見失っていた何かの技術を再発見したり、自分の国ではそれほど完全に知られていなかったものを習得したりするのです。少なくとも我々は自分の時代を過去と比較し、自分の時代の方が進んでいるのに喜んだり、これが改良への第一歩ですが、自分の欠陥を発見したりします」。

王子が言った、「探求するに値し得ることなら私は何でも見たいと思う」。

姫も言う、「私も古代の風習を何ほどか知りたいものです」。

イムラックが言う、「エジプトの偉大さの最も豪奢な記念塔でもあり、人間の手に成ったもののうちで最も巨大な作品の一つでもあるものはピラミッドです。歴史の始まる以前に建てられた建造物で、最も古い記録も曖昧な伝説しか伝えていません。その最大のものが今日なお残っており、時による破壊を殆ど受けていないのです」。

ネカヤアが言った、「明日にもそれを見に行きましょう。ピラミッドのことは時々聞いてもいますし、自分の眼で内も外もとっくり見てしまうまでは気が楽になりません」。

第三十一章　一行、ピラミッドを訪(おとな)う

ここに決心がきまり一行は翌日出立(しゅったつ)した。彼らは好奇心を完全に満足させるまでピラミッドのあたりに滞在するつもりで、駱駝(らくだ)に天幕を積んだ。途中はゆるゆると旅をして、何でも珍しい所があれば立ち寄り、時々は休みもし、住民と話を交(まじ)えたり、廃墟の町、人の住む町、天然のままの風景、農耕された風景等の色々な有様を観察したりした。

大ピラミッドに到着すると、まず基部の広さ頂きの高さに一驚を喫した。イムラックは、世界の存続する限り存続させたい建造物に何故(なにゆえ)こういうピラミッド型が選ばれたか、その原理を説明して聞かせた。こういう上に行くほど次第に小さくなる構造は非常に安定したものであって、ありふれた風や水の襲撃にも平気であり、自然の暴威の中で最も抗し難い地震によってさえも顛覆(てんぷく)する恐れのない所以(ゆえん)を明らかにした。ピラミッドを崩し去るだけの震動というものがもしあるとしたら、それは大陸をバラバラにする恐れがあろうと言った。

一行はその縦横高さを計り、その麓(ふもと)に天幕を張った。次の日、彼らはその内部に入る

準備をし、ありふれた案内人も雇い、第一の通路まで攀じ登った。と姫の気に入りの侍女が、洞穴を覗き見て後退りし身をふるわせた。「ペクアー、何を怖がるの?」と姫が訊ねる。侍女は言った、「この狭い入口、それに恐ろしい中の暗さ、それが私は怖いのです。平安を得ない魂が住んでいるに違いありません。こういう所には私はとても入れません。昔この恐ろしい穴ぐらに住んでいた人たちが矢庭に姿を現わすでしょう。そして事によると我々を永遠に中に閉じこめてしまうかも解りません」。そう言って彼女は主人の姫の首に両腕で抱きついた。

王子が言う、「おまえの怖れるのが幽霊のことだけなら、大丈夫、私が安全を保証してやる。死人に何の危険もありはしない。一度埋葬された者が再び姿を現わすことなどあるものか」。

イムラックが言った、「死人が再び姿を現わさないとは、私は主張しようと思いません。あらゆる時代あらゆる国々がどれも皆一致して証拠を残しています。野蛮であろうと学問があろうと、何処の民族でも死者の幽霊の話が伝えられ信じられていない所はありません。恐らく人間の住む所ことごとくこういうことが信じられているというのは、それが真実であればこそです。お互いに噂に聞いたこともない者同志が一つの意見に一致しているというのは、経験がそれを真と思わせればこそです。たまにそれを疑う理窟屋があっても、多くの人の挙げる証拠を弱める力はないし、口にそれを否定する者にも恐怖によって心中の肯定を自白している者があるのです。

しかし私は何も、ペクアーどのが既に怖がっているところに更に新たな恐怖心を起こさせようというのではありません。ピラミッドの中に他の場所以上に特別幽霊がいるべき理由は何もありません。また彼らが罪無き者清き者に害を与える力或いは意志を持つべき理由もありません。我々が中に入るからといって、何も彼らの特権の侵害にもならぬはずです。我々は何かを彼らから奪うこともできません。それなら彼らが我々に腹を立てる筋もないわけです」。

姫も言った、「ペクアーよ、私がいつもおまえの前に立ち、おまえの後にはイムラックにいてもらおう。アビシニアの王女の供であることを忘れてはいけないよ」。

侍女が言う、「もしお姫様が侍女に死ねという思召しならば、この物凄い洞窟の中に閉じ籠められるような死でなく、何かもっと恐ろしくない死を命じて下さい。勿論お言いつけに背きは致しませぬから、行けと仰しゃるなら行かねばなりませんが、一度入って行ったら二度と戻っては来ませんでしょう」。

姫は彼女の恐怖が余りに強くて説得も叱責（しっせき）も及ばないのを見ると、彼女を抱きしめて、皆が帰って来るまで天幕に待っておいでと告げた。ペクアーはなお満足せず、姫にも、ピラミッドの奥に入るような恐ろしいことはやめて下さいと嘆願した。ネカヤアは言った、「私は人に勇気を教えることはできないけれども、人から臆病を学ぶわけにはいかない。それだけが目的でここまで来ながら見ず仕舞いで帰ることもできない」。

第三十二章　一同、ピラミッドに入る

ペクアーは天幕に下り、他の一行はピラミッドに入った。彼らは廊下を抜け、大理石の地下室を見、創建者の遺骸がそこに安置されたと言われる櫃(ひつ)を調べたりした。それから一番広い室(へや)の一つに腰を下ろして、帰ろうとする前に一休みした。

イムラックが言った、「これで支那の長城を除いて人間最大の工事と言われるものを、はっきりと心ゆくだけ見たわけです。

長城の方は建設の動機も容易に想像できます。それは蛮族の侵入から富裕で臆病な国民を守ったのです。蛮族どもは熟練した技術を持っていませんから、孜々(しし)と働くよりも掠奪(りゃくだつ)によって欠乏を補う方が容易で、ちょうど禿鷹(はげたか)が家禽類(かきんるい)を襲うように、時々平和に商業を営んでいる者の住居に殺到したわけです。彼らの神出鬼没ぶりないし獰猛(どうもう)さが長城を必要とし、また彼らの無知が長城を有効ならしめたのです。

しかしピラミッドの方については、なぜあれだけの費用労力をかけてこういう工事をしたかがまだ充分に説明されていません。部屋の狭さから見て、敵襲の際の隠れ家となり得なかったことは明白ですし、財宝を貯える場所なら遥かに少ない費用で同じ程度に安全な方法があったでしょう。そう考えてくるとこれは、不断に人生に付き纏って、何かの仕事をあてがって常に機嫌をとってやらねばならない、あの、餓えたような想像力という奴を満足させるために建設されたとしか考えられません。享楽し得るもののすべてを得た人間は、その欲望を拡げるにきまっています。実用のために家を建てていた人間は、実用方面が充足されると、今度は虚栄のための建造物を考えて、人間能力の極限にまで設計を引き伸ばし、すぐには別の望みなど抱く必要のないようにしたいと考えるのです。

私はこの偉大な建造物を、人間の享楽には限りのないことを語る記念塔だと考えます。権力に何の制限もなく、その財宝はあらゆる現実の不足、想像上の不足を克服するに足るような王者は、領土にも満ち足り、色々の快楽も面白くなくなった気持ちを慰めるには、ピラミッドでも建てる外はありません。傾く年の退屈さを紛らそうと思えば、何千の人間が目的もないのに働き、何の役にも立たない石が一つ一つと積み重ねられるのでも眺めている外はありません。もし、何人にもあれ、程を得た身分に満足できずに、壮麗な王者の生活にこそ幸福があろうと想像し、新奇を求める欲望も権威とか富とかいうものによって永遠の満足を与えられるのだと夢想するような人があるならば、その人はピラミッドを眺めておのれの心の愚かさを自ら認めるがよいのです」。

第三十三章　王女、不慮の災難に遭う

一行は立ち上がり、入って来た洞穴を通って帰って来た。姫は侍女のために暗い迷路や贅沢な部屋部屋の有様、各種各様の作り方から受けた色々と違う印象等の長物語を用意していた。ところが供の待っている所まで戻ってみると、皆が黙りこくってがっかりした様子をしている。男たちは恥じたような怯えたような顔付き、女どもは天幕の中で泣いているのである。

何事が起こったのか、一行は推測しようとはせず、直ぐに訊ねてみた。従者の一人が言った、「あなた方がピラミッドにお入りになるかならないかに、アラビア人の一隊が押し寄せて来たのです。小人数のこととて抵抗もできず、さればとて逃げる余裕もありません。彼らが将に天幕内を捜索し、我々を我々の駱駝に乗せ、捕虜にして連れ去ろうとしたその時に、数人のトルコ人の騎士の近づく物音に、彼らは倉皇と逃げ去りました。がその時ペクアー様とその召使い二人を捕え、連れて行ってしまったのです。我々がおだてたのでトルコ人たちが今追って行ったところですが、到底追い付けるだろうとは思えません」。

姫は驚きと悲しみに身も世もなく、ラセラスは憤慨に昂奮して、召使いどもに俺に続けと下知し、洋刀を手に盗賊の後を追おうとした。とイムラックが言った、「王子よ、暴力や蛮勇を揮ってどうなるとお考えなのです？　アラビア人たちは戦いにも退却にも訓練された馬に乗っているのです。我々の方は駄馬しか持っていません。この場をこのまま棄てて行くのでは、姫を奪われる危険はあっても、ペクアーどのを取り返す望みはありません」。

やがてトルコ人たちが戻って来たが、敵に追い付くことはできなかったのである。姫は新たな悲嘆にワッと泣き伏し、ラセラスはその連中を臆病者と罵るのを禁めかねた。がイムラックの説は、アラビア人が逃げおおせたのは我々の不幸を増すものではない、もし追い付きでもしたら、彼らは捕虜を素直には渡さず、却って殺したであろう、と言うのであった。

第三十四章　ペクアーを失ってカイロに帰る

これ以上逗留して利益があろうとも思えなかった。一行は再びカイロに戻って来たが、途中或いはよしなき好奇心を起こしたことを悔やみ、或いは政府の怠慢を咎め、或いは衛兵を手に入れることを怠った我が身の軽率さを嘆き、或いは、ペクアーを奪われずに済んだかも知れない色々の工夫を想像し、何とかして彼女を取り戻すぞと言うのであったが、さて適当な方法は誰にも思い付かなかった。

ネカヤアは自室に閉じ籠もり、女どもはそれを慰めようとして、誰しも災難はあるものです、ペクアー様は長いあいだ世の中の幸福をお味わいになったのだから、そろそろ運の傾くことを覚悟しておられても当然だったかも知れません、あの方は何処にいらしても、また何かよいこともあるでしょう、お姫様はどうぞあの方の代りになるよいお友達をお見付けなさいまし、などと言ってみた。

姫は女どもに返事もしなかったが、このお気に入りの侍女のいなくなったことを心中さして悲しんでもいない女どもは、形にはまった悔やみ文句ばかり言い続けるのだった。

翌日、王子は総督に宛てて、自分の受けた非道の覚書を提出し、償いを嘆願した。総督は盗賊を罰すると見得は切ったが、さて捕手を出すでもなかった。尤も事件の顚末書或いは人相書きを差し出すことはできなかったから、追跡の指令も出しようがなかったのである。

やがて当局が何もせぬであろうことが明白となった。太守たちは到底罰し切れぬほど多くの罪、償い得ぬほど多くの非道、を聞き慣れていたから、一切無差別に怠慢の方針をとることで別に気も咎めず、嘆願者が面前を去ればたちまち依頼も忘れてしまうのである。

イムラックは次に私立探偵を使って何かの情報を得ようと試みた。アラビア人の出没する場所は正確に知っている、その首領たちと定期に通信の交換もしていると称して、手軽にペクアー奪還を引き受ける者の数は多かった。これらの内の或る者は旅費を貰って出かけたきり帰らなかった。或る者は高い金で情報を売って行ったが、二、三日たつと出鱈目であることが判った。が姫は、如何ほど嘘と見える方法でも、試みずにそのまま捨て去ることを許そうとしなかった。何かしている間は望みがまだ残っている気がするのだった。一つの策が失敗すれば次の策が提案され、一人の使者が空しく戻れば、次の使者が別の方角に急派されるのだった。

今や二カ月経って、ペクアーの消息は杳として判らなかった。お互いに励まし合って希望を持つように努めていたのも、次第に元気を失い、姫はもはや施すべき策も尽きて、慰める術もなく、絶望的落胆に沈むのだった。あのとき無造作に折れて侍女が後に残るのを許した我が身を百千度責めた。彼女は言った、「私がペクアーを可愛く思う余り、私の彼女に対する威厳が薄らいだのだ。そうでなかったらペクアーは恐ろしいなどと言い出すことさえ憚っただろうに。彼女は幽霊を怖れるよりも私を怖れるべきであったのだ。あのとき恐い顔付きでもして見せたら彼女も圧倒されただろう。断乎として命令していたら服従する外はなかっただろうに。どうして愚かにも甘やかす気持ちに私は負けたのだろう？　どうして私は我を通してペクアーの言うことなど耳を貸さないという態度に出なかったのだろう？」

イムラックが言った、「偉大な姫よ、あなたは正しいことをなさったのに、御自分をお責めになってはいけない。禍の因は偶然のことだったのにそれをお咎めになってはいけません。ペクアーの臆病さに対するあなたのやさしい思いやりは、寛大親切なお心ばえを語るものです。我々が義務に従って行動する時、我々は事の成行きを、掟もて我らの行動を統べ給う神にお委せするのです。神は何人といえども従順の故に究極の罰を受けることはお宥しになりません。これに反して、我々が物質的ないし精神的利ありと見越して、天の命じ給う規則を破る時、我々は神の叡智の指図を受ける資格を棄てて、事のすべての結果を一身に引き受けるのです。人間は因果の関係をさほど深く知ることはできないのですから、正をなさんために不正をするというような生意気は許されぬのです。我々が法に適う手段によって或る目的を追う時、我々は失敗しても常に将来償いができるという希望に慰められるのです。反対に、おのれの浅はかな智慧だけと相談で、正不正の定められた埒を飛び越えて利への近道を見出さんと試みる時、我々は成功しても幸福になり得ません。罪の意識を免れ得ないからです。まして失敗したとなったら、その失望は策の施しようもないほど痛苦に満ちたものです。罪の呵責に加えて、罪が我が身にもたらした不幸の腹立ちを同時に感ずる者の悲しみは、如何に慰めのないものでしょう。

　姫よ、もし逆にあの時ペクアーどのが姫に同行することを懇願して、天幕にとどまれと命ぜられ、そして誘拐されたとしたら、あなたのお気持ちはどのようだったろうかと考えてみて下さい。或いはまた姫が彼女にピラミッドに入れと強制して、その揚句ペクアーどのが恐怖に苦悶しながら姫の面前で亡くなったとしたら、あなたはそれこそ考えても堪らなかっただろうということをお考え下さい」。

ネカヤアは言った、「そのようなことが起こったとしたら、私は到底今日の日まで生き長らえてはおられなかったろう。そういう残酷な出来事を思い出すだけで私は苦しみ悶えた揚句、気違いにもなっただろう。或いは我と我が身に対する嫌悪の気持ちから、やせ衰えてしまったに違いない」。

イムラックが言った、「不幸な結末になったからといって、我々はそれを悔やまねばならぬ必要はない、少なくともこのことだけが正しい行動の現在の報いなのです」。

第三十五章　ペクアー去りて王女衰う

ネカヤアはかくてやっと気の咎めるのも治まり、如何なる禍も、おのれに不正を働いた意識さえなくば、堪えられぬものでないことを知った。その時からの彼女は、嵐の如く猛烈な悲嘆から救われて、沈黙の物思いと陰鬱な静けさに沈むのであった。日がな一日じっと坐ったまま、寵愛のペクアーがしたこと言ったことの一つ一つを思い出し、如何なる些細なことでもペクアーがたまたま価値ありとしたこと、如何につまらぬ偶然な無意味な会話でもそれを思い出すよすがとなることを、大事に胸にしまい込んだ。今はもう再び相見む由もないペクアーの嘗て言った意見のことごとくは、人生の規範として姫の記憶裡に秘蔵され、如何なる場合といえども姫の熟慮は、ペクアーならばどう考えどう忠告してくれたろうかという一点にのみかかるのであった。

姫に侍る女どもは姫の真の身分は知らなかったから、姫も彼らには用心して控え目に語る外はなかった。色々と知識を広めても誰に話して聞かせる便りもないと思えばさしてその気も進まず、つい姫の好奇心も怠りがちになってきた。ラセラスは初めは妹を慰めようとし、後には遊芸などに心を紛らせようと努めたが、楽師を雇ってやれば耳を傾ける風は見せながら心は上の空、さまざまの技能を教えさせようと師匠を迎えれば、折角の講義も日を改めて来てみれば再び初めから繰り返さねばならぬ始末。楽しみを味わおうとする気持ちも才芸衆に越えようとの野心も失ってしまったし、頭も、時に止むを得ず一時余事に走ることはあっても、常に亡き友の姿に舞い戻ってくるのであった。

イムラックは、来る朝も来る朝も、今日も捜索を新たにせよと熱心な命令を受け、夜は夜でまだペクアーの消息は知れぬかと訊ねられる、姫の望む答えは返し得ない、遂には姫の目通りに出ることが次第次第に厭になってきた。姫は彼の尻込みを見て我が前に呼び出し、さて言った。「私がいらいらするのを腹立ちと同じに考えてはいけない。捜索が巧く行かないのを私がかこつからといって、おまえに怠慢の責めを負わせようとしているのでも何でもない。おまえが姿を出したがらぬのを格別不思議とも思ってはいない。幸福ならぬ者の姿は見て嬉しいものでもなく、誰しも人の滅入った気持ちに感染するのは本能的に避けたがるくらいのことは私だって知っている。口小言ばかり聞かされるのはみじめな気持ちの者にも幸福な者にも等しく閉口だからね。人生に許されたわずかばかりの快活さを、人の悲しみまで引き受けて滅入らせようなどと誰が思うものか。

自分だけの禍でいい加減重荷なのに、誰が人の苦労まで背負いたがるものか。ネカヤアの溜息(ためいき)で人を悩ますのももうあとわずかの日数だ。私の幸福探求も今はこれまでだ。へつらったりだましたりだらけの世の中から私は隠退する決心をした。私は孤独に身を隠して、ただ自分の心を鎮(しず)め、罪なき仕事の不断の連続に規則正しい生活を送ることだけを念願としよう。その末は、あらゆる地上の欲望から心を浄(きよ)めて、すべての人の旅路の果てであるあの世に入り、再びペクアーとの交情を暖めたいと願うのだ」

　イムラックが言った、「取返しのつかぬ決心などでお心をお乱しなさりますな。さなきだに重い人生の重荷に、わざわざ不幸を積み重ねようなどとなさりますな。ペクアーを失われた悲しみは一時のこと、そのために隠遁(いんとん)などなされては、悲しみをお忘れになった後には隠遁の退屈さだけが残って、一段と退屈なものにもなりましょう。一つの楽しみを失われたからとて、余(よ)の楽しみまで自らお棄てになるとは悪い分別というものです」。

　姫は言う、「ペクアーを奪い去られたあの時以来、棄てるにも棄てないにも私には楽しみなど残っていないのだ。愛する者信頼する者を持たぬ身には望みとてもない。幸福の根本条件が欠けているのだ。この世の与え得る満足とは、すべて富と知識と善との結合から生ずると言ってよいかと思われるが、その中の富とは手から手に移して初めて価値あるもの、また知識も人から人に伝えて初めて役立つもの、所詮二つながら他に動かさねば意味のないものだ。それを私は今誰の手に贈って喜べばよいのか。残る一つの善のみが相手なしに楽しめる唯一の慰めだが、それは隠遁の身でも行えるではないか」。

イムラックが答える、「孤独の境涯が何処まで善を容れ得るか、何処まで善を進め得るか、それは今申しますまい。ただいつぞやの信心深い隠者の告白を思い出して下さい。あなたとても、ペクアーどのの姿がお心から消えた時は再びこの世に戻ることを願われましょうぞ」。

ネカヤアが言う、「そういう時は絶対に来ない。生きてこの世の罪と愚とを見れば見るほど、懐かしいペクアーの寛大さ正直さ、謙虚にへりくだる心、また忠実に秘密を守る態度、等がいつまでもいや増しに思い出されよう」。

イムラックが言う、「突然の災難に心が重く圧せられる有様は、ちょうど伝説に言う地球が新しく創られた時の住民のさまと同じです。初めての夜が訪れた時、彼らはもはや昼は帰らぬものと思ったのです。悲しみの雲が我らの上に垂れ込める時、我々は雲のかなたを見ず、また如何にして雲が吹き払われるかを想像し得ません。しかし夜には新しい昼が続きました。悲しみにも遠からず安堵の曙が来るものです。自ら抑えて慰めを受け取るまいとする者があれば、それは野蛮人が暗くなったのを見て眼をくり抜いてしまったようなものです。我々の心も肉体と同様絶えず変化しているもので、刻々に何物かが失われ、刻々に何物かが付け加わるのです。一時に多くを失うことは肉体にも心にも不都合ではありますが、しかし生命の力が損なわれずに残っている限り、自然は回復の手段を見出すのです。距離というものは眼にと同じ影響を心にも与えるもので、我々が時の流れに棹さして滑って行くにつれて、通り過ぎるものは段々小さくなっていくし、近づいて来るものは大きさを増してきます。人生を停滞させてはいけません。動きが止まれば濁ってくるのです。もう一度世の中の流れに身をお委せなさい。ペクアーも次第次第に忘れられましょう。流れて行くうちにはまたお気に入りの者も見つかりましょう、或いは誰とでも交わって楽しむことをお覚えになるかも知れません」。

王子が言う、「少なくとも、あらゆる対策を試み尽くすまでは絶望してはいけない。不運な侍女の捜索はまだ続いているのだし、おまえが、取消しのきかぬ決心などはせずにもう一年事の成行きを待つと約束さえするならば、更に一段と拍車をかけて捜索を続けさせようぞ」。

ネカヤアはこれを尤もな要求と思い、兄の言う通りの約束をした。実はこれはイムラックの入れ智慧だったのである。イムラックとてもペクアーを取り戻す望みはさして持たなかったが、一年の猶予を確保することができれば、その間には姫にも修道院入りの危険もなくなろうと考えたのである。

第三十六章　ペクアーなお心にあれど悲しみは移る

ネカヤアは、寵愛の侍女を取り返すべくあらゆる方法が遺漏なく用いられているのを見、同時にかの約束によって隠遁の意志を一時思い止まった故もあって、目に見えぬほどずつ世の常の思い事、世の常の楽しみに戻ってき始めた。我が悲しみの中断されたのに我にもあらず喜ぶこともあり、また時としては、なおも忘れじと誓う侍女の俤をいつか心から追い払おうとしているのに気付いて腹を立てることもあった。

やがて姫は毎日一定の時刻を定めてペクアーの美点愛情に思い耽ることにし、数週間は定めの刻限には必ず一室に退き、出て来る時は眼を泣き腫らし顔を曇らせているのであった。やがてその几帳面さも少しずつ薄れて、何か重要なまたさし迫った俗用でもあれば、日ごとの涙の手向けを遅らすこともあるようになる、次にはさして重要ならざる用事にも節を曲げる、時にはあれほど忘れることを恐れている侍女の上を忘れるようにもなり、遂には定刻の愁嘆の義務を全然廃するに至った。

姫がペクアーに対する誠の愛は依然薄れてはいなかった。折にふれ事につけては彼女を思い出し、何か物足らぬ思いのする度に、友情の信頼ならではこの物足らなさを消し得まいと考えては、彼女を悔やむこともしばしばであった。さればイムラックには捜索の手を必ず緩めるな、情報を得る如何なる術も試みずにはおくな、と切願して、少なくとも我が怠慢懶惰の故にペクアーが苦しむことだけはないと考えて、せめてもの慰めとしようとした。「さりながら」姫は言った、「人生の実情かくの如くであり、幸福そのものが不幸の因となると知っては、我らの幸福追求からも何が期待できよう？　何故に我々は、手に入れても確保し得ないものを手に収めようと努めねばならぬのか？　この後は私は如何ほど勝れたものにも如何ほどやさしき愛情にも心のたけを捧げることを恐ろしく思う。ペクアーを失ったような損失を再び繰り返すことは堪えられないことだ」。

第三十七章　王女、ペクアーの消息を聞く

七カ月たって、姫がかの約束を与えた当日に出て行った使者の一人が、あちこち無駄に歩き廻った揚句、ヌビア（エジプトの南に隣す）の国境近いあたりから戻って来て、エジプトの国はずれに城のような砦を持つ一アラビア酋長の手にペクアーが捕われているという報を齎した。掠奪を収入源としているこの酋長は、ペクアーをその従者二人と共に、二百オンスの金と交換なら喜んで返すというのであった。

金の高は問題にする要はなかった。姫は寵愛の侍女が生きていると聞き、且つそういう安い身の代金で買い戻せると知って、我を忘れて喜んだ。姫は一瞬もペクアーの幸福また我が身の幸福を延引するに忍びず、要求の金額を持たせて使者を送り返すように兄に懇願するのだった。イムラックの意見を求めてみると、この使者の語ることは何処まで真実であるか判らないし、酋長が果たして言った通りにするかどうかはいっそう疑問である。あまり易々と要求通りの金を出してやれば、金と人質と両方を手に収めて渡さないかも知れない、という意見。こちらから先方の縄張り内に出かけて行ってアラビア

人の勢力範囲内に入るということも危険だし、さりとてこの流浪の徒が、総督の軍隊に捕えられる恐れのある平地地帯まで危険を冒してやって来るということも期待できない、と言うのだった。

両方が相手を信頼せぬ場合、交渉は至難である。結局イムラックは熟慮の末に、ペクアーを十人の騎士が上エジプトの沙漠にある聖アントニーの僧院まで送って来い、こちらからも同数の者がそこまで出迎えて身の代金を支払う、と使者をして申し込ませることにした。

この提案が拒絶されるとは考えられなかったから、一刻の損失もないようにと一同は直ちに僧院に向かって出発した。到着するとイムラックは前の使者と共にアラビア人の砦に出かけて行った。ラセラスも共に行こうとしたが、それは妹もイムラックも賛成しなかった。酋長はその国の慣習に従い、我が手中に乗り込んできた一行を、客もてなしの掟に些かも背かず歓待し、二、三日するとペクアーと二人の侍女を楽な乗物に乗せて定めの場所に伴い、要求の金額を受け取ると、恭々しくペクアーを自由の身としてその友らの手に返し、のみならず途中盗賊や暴徒の難もあろうかと、一行をカイロまで護衛して行くことを申し出た。

姫とお気に入りの侍女は、言葉にも述べ難き喜びに、感極まって互いにひしと抱き合った。更に二人は、人目を避けて愛情の涙を注(そそ)ぎ合い、親愛と感謝の言葉を交(かわ)そうと手を携(たずさ)えて出て行った。二、三時間の後、二人は僧院の食堂に戻って来たが、食堂では僧院長はじめ修道僧の並み居る前で、王子がペクアーに向かい、今までの危難を物語るように促すのであった。

第三十八章　侍女ペクアー危難の物語

ペクアーは語り出した。「いつどんな風にして私が連れ去られたかは召使いどもからお聞きのことと思います。何しろ突然の出来事ですから私はただ驚くばかり、初めは呆然とするだけで別に怖いとも悲しいとも胸を騒がすこともありませんでした。そのうえトルコ人に追われていた間は大急ぎであの騒ぎの中を逃げたのですから心はいよいよ面喰うばかりでした。がそのトルコ人たちもどうやら間もなく追い付こうとすることを諦めた様子、或いは威嚇の態度は見せながらも内心相手を恐れていたのかも知れません。

アラビア人たちはもう危険なしと見ると、足を緩めました。私は手荒な扱いに悩まされることが少なくなってくると、今度は心中の不安が募って参りました。暫く行くと気持ちのよい野原があって、そこの木蔭の泉のほとりに足を停め、我々も地上に下ろされて、主たちと同じ食べ物を勧められました。私は二人の侍女と共に、一同から離れて坐ることを許され、誰も我々を慰めようとも辱めようともしませんでした。このとき私は初めて、我が身に降ってかかった不幸がどれほどのものであるかが判りかけてきたのです。侍女たちは物も言わずただ泣くばかり、時々顔を上げて救いを求めるように私を見るのですが、これから先どんな運命が待っているのか、私にも見当はつかず、何処に捕われて行くのか何処に救いの手を期待してよいのか、まるで雲をつかむようでした。私はいま盗賊、野蛮人の手にあるのだ、彼らから正しい裁きを受けることも情けをかけられることも期待できない、この人たちが何か野望でも起こしたら、或いは気まぐれで残忍な振舞いに出ようという気にでもなったら、やりたいだけやらねばとても承知しないだろう、などと考えるのでした。しかし私は女たちに接吻して、我々は今のところまだ手荒な扱いも受けていない、もはや追跡の手も及ばぬ所に連れて来られた以上、生命を脅かされる危険はないのだ、などと言って、二人を安心させてやろうと努めました。

再び馬の背に乗せられる時が来ますと、二人は私に取り縋って、別々にされることを拒むのです。しかし私は、何しろ我々はこの人たちの思うままの身の上、逆らって怒らせまいぞと戒めるのでした。その日は日の暮れるまで人跡稀な、路もない所を歩み続け、月の光をたよりに、とある丘の中腹まで参りましたが、そこに連中の仲間が待っていました。天幕を張り火をおこし、我々の隊長は如何にも部下の愛を一身に集めている人のように歓迎されるのでした。

我々は一つの大きな天幕に迎えられましたが、そこには遠征の道すがら夫たちにかしずいていた女どもがいました。彼らは用意した夕食を勧めてくれるので、自身食欲もありませんでしたが、二人の侍女を励ますために私も食べました。食事が片づけられると、彼らは休息のために絨毯を敷きました。私は疲れていたので、暫く眠りたいと思いました。眠れば自然は大抵の場合悲しさも忘れさせてくれるものです。そこで服を脱がせておくれと侍女らに命じましたが、気がついてみると天幕の女どもが一所懸命私を注視しています。私の指図通りに従順に二人が動くのが意外だったのでしょう。上衣を脱ぎ棄てますと、私の着ているものの立派さに彼らは打たれた様子でしたが、一人はおずおずと刺繍に触ってみるのでした。そのうちにその女は出て行きましたが、間もなく身分も高く権威も上らしい別の女を連れて戻って来ました。この女は入って来る時、おきまりの敬礼をし、私の手をとって、見事な絨毯を敷いたもっと小さな天幕に案内し、そこに私は二人の侍女ともども静かな一夜を過ごしました。

翌朝私が草の上に坐っていますと、例の隊長が近寄って来ました。私は立ち上がって彼を迎えますと、隊長は頗る恭々しく頭を下げて、こう言いました、『高貴な婦人よ、私は自分の予想以上に運がよかったようです。女どもの話ではあなたは王女様とのことですが』。私は答えました、『隊長よ、女の人たちが勝手に勘違いしてあなたにも嘘を申したのです。私は王女ではありません。私は不幸な異国者で、この国を間もなく立ち去るつもりだったのが、図らずも永久にこの国に閉じ籠められることになりました』。隊長が答えます、『何処のどなたかは知りませんが、あなたの着物、召使いの人たちの着物から、あなたの身分が高く富も莫大であることが判ります。容易に身の代金を送らせることもできるあなたが、永久に囚われの身だなどと何故考えねばならぬのです？　私があちこち侵入して廻る目的は、我が富を増すため、もっと適切に言えば貢をとり立てるためです。イシュマエルの子ら（アラビア人を言う。イシュマエルは「創世記」十六章、十七章に見える。その子孫がアラビア人であると言われている）はこの国の当然の世襲的支配者でありながら、後からの侵略者や生まれの卑しい暴君らに国を奪われています。そいつらから我々は、正義に拒まれているものを剣で取り上げねばならぬのです。戦さの暴力には何の見さかいもありません。罪と権力とに向けられる槍は、時には罪なき穏やかな者の上に下るのです』。

　私は言いました、『その槍が昨日という日、私の上に下ろうなどとは誠に意外この上ないことでした』。

　隊長が答えます、『災難は常に覚悟していなければいけません。戦う者の眼が、尊ぶべき人を尊び憐れむべき者を憐れむことを知り得たならば、あなたのような立派な方は危害を受けることもなかったでしょう。しかしながら災厄の天使どもは、正しき者にも邪な者にも、強力な者にも卑しき者にも一様にその武器を揮うのです。力を落とされるには及びません。私は沙漠の無法残忍な放浪者とは違います。社会生活の掟は心得ています。私はあなたの身の代金を定め、あなたの使者に通行証を与えて、要求条件だけをきちんと実行しましょう』。

こういう彼の挨拶に私が満足だったことは容易に信じて頂けるでしょう。それに彼が一番熱心に欲しがっているのが金銭であることを知って、それなら身の危険もさして心配するには及ばないと考えるようになりました。ペクアーの自由を購うためなら如何なる金額も高すぎるとはお考えになるまいと考えたからです。私は彼に向かって、もし親切に待遇してくれるなら、私も忘恩のそしりを受けるようなことは絶対にしないと言い、また、私の身の代金も普通の身分の侍女に相応な額なら如何ほどでも払ってもらえるだろう、しかしいつまでも私を王女と思ってもらっては困る、と言いました。彼は、要求を幾らにするかはなおよく考えようと言って、微笑と共に頭を下げて引き下がりました。

やがて入れ違いに女どもがやって来て私を取り囲み、めいめい競争のようにおせっかいをしようとする、私の侍女たちにまで尊敬を以(もっ)てかしずく者があるという始末です。我々は毎日少しずつ旅を続けました。四日目に隊長は私の身の代金は金二百オンスでなければならぬと言います。私はそれを承知しただけでなく、私と二人の侍女を立派に待遇するならもう五十オンス添えてやろうと言ったのです。

私は金の力というものを前には全く知りませんでしたが、そのとき以後私は宛然(えんぜん)一隊の指揮者になりました。毎日の行程は私の命令次第で長くも短くもなる、天幕は私の休みたいという所に張られるのです。駱駝(らくだ)もその他の旅に便宜(べんぎ)な品々もみな我々の手にあり、二人の侍女も常に私の左右におりました。私はこの流浪(るろう)の民の風習を観察したり、古代建築の遺跡を眺めたりして心を慰めるのでした。このあたりの人気(ひとけ)のない国々も、いつか遠い世には、そういう立派な建築で豊かに飾られていたらしいのです。

この一行の隊長は決して文盲ではありませんでした。星や磁石をたよりに旅することも知っており、遠征の途中、道に迷ったりした折などに、通行人が最も注意する価値のあるような場所はことごとく印をつけていました。彼は私に語って建物が一番よく保存されているのは、あまり人の行かない、近寄る道も険(けわ)しいような場所であるのが常だと言い、そのわけは、一度国が衰運になって、その昔の華々しさを失いかけると、住民が多ければ多いほど廃墟になるのが早いわけだ、などと言いました。石を持って来るには石切り場から切ってくるよりは壁から外してくる方が早い、したがって宮殿や寺院を破壊して花崗岩(かこうがん)の厩(うまや)を作ったり斑岩(はんがん)の小舎(こや)を建てたりということにもなるのだ、と言うのでした」

第三十九章　ペクアー危難の物語つづく

「我々はこんな風にして何週間かさまよい歩きました。隊長はそれが私を慰めるためのように装っていましたが、何か自分の都合もあってのことのようにも思われました。私は精々(せいぜい)満足しているように見せていました。仏頂面(ぶっちょうづら)をして腹を立てていても何の役にも立たぬと思ったのです。そうやって努めて見せかけていると心の落ちつきを得る大きな助けにもなりましたが、気持ちは常にネカヤア姫のことばかり考え、昼の慰みも夜の物思いに簡単に帳消しにされるのでした。二人の侍女(じじょ)は心配はみな主人たる私に押しつけていましたから、私が尊敬を以(もっ)て遇されるようになってからは気楽なもので、苦労も悲しみもなく、その時その時に疲れを忘れさせるようなことがあればそれにすっかり身を委(ゆだ)ねていました。二人が愉快にしているのが私にも嬉(うれ)しく、また二人の信頼に元気づけられもしました。アラビア人一行があちこち徘徊(はいかい)するのは財宝を得たいためばかりと判(わか)ってからは、私の身の上の恐怖もすっかりなくなりました。貪欲(どんよく)は悪の中でも一律で御し易いものです。他の知的病弊の場合は当人の性質の異なるに応じて色々に変わります。甲の誇りを慰めることが乙の誇りを傷つけることもあります。しかし欲の深い者に取り入るには早道がある、金さえ持ち出せば何事も拒絶されっこないのです。

そのうちにやっと隊長の住居に着きました。住居というのはナイル河中の島に石で建てた頑丈な広い家で、島というのはちょうど回帰線直下に当たると聞きました。隊長が言います、『婦人よ、お疲れでしょうからここで二、三週間休んで下さい。ここでは御自分を女王と考えて頂いてよろしい。私は自分の仕事が戦争ですからこういう人目につかぬ棲家(すみか)を選んだのです。ここなら不意に出て行って敵を襲うこともできるし、跡をつけられずに引っ込むこともできます。どうぞ安心して休息して下さい。ここには楽しみは少ないかも知れないが、危険だけは少しもありません』。そう言って彼は私を奥の間(ま)に案内し、一番豪奢(ごうしゃ)な寝台を私にあてがって、地まで頭を下げました。隊長の女どもは私を競争相手と考えて、邪険な眼で私を眺めましたが、やがて私が身分の高い婦人で、身(み)の代金(しろきん)のために留められているのだと知ると、今度はまた競争でお追従(ついしょう)やら尊敬やらを始める始末です。

間もなく自由の身になれると改めて保証されて、気も楽になりましたし、所の珍しさもあって数日はいらいらする心も紛れていました。塔に上(のぼ)れば国土は遠くまで一望の下(もと)、川がうねうねと幾曲がりしているのも手にとるようです。昼間はあちこち歩き廻ってみます。太陽の位置次第で景色の美しさも色々に変わります。今までに見たこともないような物にも色々出会いました。この無人地帯には鰐や河馬が珍しくありませんが、これらの物を見ると、危害は加え得ぬと知りつつも、恐ろしい気持ちのすることが往々でした。一時は私は、人魚やトリトン（ギリシャ神話、半人半魚の海神）を見ることさえ期待していました。イムラックの話では、ヨーロッパの旅人たちがこれらをナイルに棲むと伝えているそうです。しかしそういう類は少しも姿を見せません。隊長に訊ねてみると、彼は私の人のよさを一笑に付するのでした。

夜になると隊長はいつも私を、天体観測のために離れて建ててある一つの塔に案内して、星の名前や運行を教えようと骨折りました。私はこの方には余り気も向きませんでしたが、先生を喜ばすためにでも、気を入れているふりだけはする必要がありました。本人はこの方の熟練さを自ら得意としていたのです。暫く日がたちますと、何しろ同じ対象ばかりの間で暮らさねばならぬので時間をもてあます、それを紛らすには何か仕事が必要になってきました。朝起きて眼をやれば、夕方見倦きて背を向けた同じ物しか見えないのにうんざりしてきました。そこで仕舞いには、何もしないよりは星でも眺めたいと思うようになりました。とは言っても、必ずしも気持ちが落ちついてばかりもいないので、空を眺めていると人の思っている時でも、ネカヤア姫のことを考えていることが珍しくなかったのです。やがて隊長は次の遠征に出かけたので、そうなると私の唯一の楽しみは、侍女を相手に、我々が誘拐されたあの日の出来事やら、捕われの日が過ぎれば三人とも幸福になれるだろうという夢やらを語り合うことでした」

姫が口を入れた、「そのアラビア人の砦には女たちもいたのだろう。何故おまえはその女たちと仲間になって、話し合って楽しんだり遊びの仲間に加わったりしなかったの？　向うは用事をしたり慰み事をしたりしているのに、何故おまえだけじっと坐って役にも立たない憂鬱に身を腐らせていなければいけなかったの？　向うは生涯その島とやらにいなければならないのに、何故おまえはわずか二、三カ月がそんなに辛抱できなかったの？」

ペクアーは答える、「女たちの慰み事というのは、まるで子供だましの類で、もっとしっかりした仕事に慣れた者には暇潰しにもならぬものでした。彼らの喜んでやることを、私は上の空でやりながら、頭はカイロに馳せていました。彼らは室から室に走り廻ります、ちょうど籠の鳥が針金から針金に跳び移るように。また、ただ意味もなく踊ります、ちょうど仔羊が牧場で跳び廻るように。そうかと思うと一人が怪我をしたようなふりをして、他の者を蒼くさせようとしてみたり、何処かに隠れて仲間に探させてみたりします。川に浮かぶ軽い物体が流れて行くのを眺めていたり、雲が崩れてさまざまの形になるのを見守ったりにもかなりの時間が過ぎて行くのでした。

彼らの仕事と言えば針仕事だけです。時には私も侍女と一緒に手伝ってやりました。しかし頭は直ぐに指先から離れてあらぬ方をさまようのです。ネカヤア姫から離れて囚われの身であっては、絹の花を作ってみたってそれが何かの慰めになるだろうとはあなた方もお考えにならぬでしょう。

女どもと話し合ってみても格別の満足は望めません。いったい彼らに何の話題がありましょう？　子供の頃からその狭い土地に住んでいるのですから、何一つ見てもいませんん。見たことのないものについては何一つ知りません。何しろ字は読めないのですから、目に見える範囲内の限られた品物以外には何の観念もなく、着る物と食べる物以外には言葉さえ殆ど持たぬのです。彼らの仲のいさかいには私の方がすぐれた人間として、時々仲裁に呼び出されて、できるだけ公平に裁いてやりました。一人一人の苦情を聞いてこちらさえ興味を持てたら、さぞ長話に時間をとられたことでしょうが、何しろ喧嘩の動機というのが実につまらないことばかりですから、とても聞いておられず、いつも話を途中で切ってしまうのでした」。

ラセラスが言う、「隊長は並々ならぬ才芸の持ち主ということだったが、そんな女ばかりの後宮をその隊長がどうして楽しむことができるのだろう。非常な美人揃いででもあるのか」。

ペクアーが言った、「成程彼らには一種の美しさがありますが、それは人の心に訴えるような高尚な美しさではありません。溌剌さも崇高さもなしに、思想の旺盛さも徳の威厳も伴わずに存し得る類の美しさで、そのような美しさは隊長のような男には、気まぐれに摘み折って無造作に棄ててしまう一本の花でしかありません。そういう女どもに交って隊長が何の楽しみを得るのか知りませんが、それは友情の楽しみ社交の楽しみでだけはありません。女どもが周囲に遊び戯れる時、彼の眼は無関心に見下げていました。彼らが彼の寵を得ようと競う時、隊長はいやな顔をして背を向けてしまうこともしばしばでした。何も物を知らないのですから彼らの話に退屈を紛らすということもあり得ず、相手を選ぶことを知らぬのですから、彼らの愛情ないし愛情と見せるものは、彼に誇りの気持ちも感謝の念も起こさせないのです。他に男を知らぬ女に笑顔を向けられても格別自分の値打ちが上がったようにも思えず、秋波を送られてもその真心のほどは絶対に知る由もなく、我が心を得ようためよりは恋敵を苦しめようためと思われる折もしばしばあって、一向に有難くないのでした。彼が与え彼らが受けて愛と称するものも、余剰の時をいい加減に分配してやるまでのことで、軽蔑しながらでも与え得る愛、希望もなければ怖れもなく喜びもなければ悲しみもないような愛だったのです」。

イムラックが言う、「あなたがこう簡単に放免されたのは幸福だったとお考えになっていいと思います。隊長のような知識に餓えている男が、そういう知的飢饉の最中にありながら、ペクアーどのと会話を交えるという太牢の滋味を、しかく簡単に棄てたというのは不思議だと思います」。

ペクアーが答える、「隊長もその点一時迷っていたように思えるのです。というのは、約束をしていながら、いつも私がカイロに使者を送ることを申し出ますと、何とか口実を設けて延ばそうとするのでした。私が彼の家に抑留されている間にも、隊長は近隣の諸国に何度も侵入していましたが、もしその侵入で望み通りの掠奪を仕遂げていたら、或いは私を釈放することを拒んだかも知れません。彼はいつも帰って来ると慇懃に冒険談を物語って、私の批評を聞くのを喜び、私の星の知識を進めようと努めるのでした。

私が手紙を早く届けるようにうるさく言いますと、自分の公明誠実を口にして私をなだめようとします。これ以上は私の要求を拒む道もないとなると、また部下の隊員を動員し、留守の支配を私に託して出て行きました。こういう念の入った延引策に私は大いに心を悩ませ、時にはこちらの皆様が私のことなど忘れてカイロを後になさりはせぬか、そうなったら私はナイルの島で命を終えねばならぬ、などと心配したこともあったのです。

遂に私は望みを失い意気沮喪して、彼をもてなしてやる気も一向なくなったので、隊長は一時私の二人の侍女とばかり話していました。隊長が恋に落ちる相手が私であっても二人の侍女であっても、とんでもない結果になることは同じですから、三人の間が親密になるのは嬉しくありませんでした。がその心配も長くは続かず、というのは、私が或る程度の快活さを取り戻したので、彼はまた私の方に戻って来たのです。私は前の不安を我ながら軽蔑せざるを得ませんでした。

隊長は依然私の身の代金を取りにやることを延ばしていました。事によるといつまでたっても決心はつかなかったかも知れませんが、折よくこちらからの使者が舞い込んできたのです。自分の方から進んで取りに行こうとはしなかった金も、目の前に並べられてみると拒むことはできません。彼は苦しい心中の闘争から解放された者のように、急いでここへの旅の用意をしました。私はその家にいた間の仲間に別れを告げて出て来たのですが、その連中は冷たい無関心で私を送り出すだけでした」。

ネカヤアは気に入りの侍女の物語を聞き終えると、立ち上がって彼女を抱擁(ほうよう)した。ラセラスは百オンスの金を彼女に渡し、彼女はそれを約束の五十オンスの代りに隊長に贈るのだった。

第四十章　一学者の物語

一同はカイロに帰り、再び一緒になったのにすっかり気をよくして、誰一人あまり外出もしなくなった。王子は学問を愛するようになり、或る日イムラックに向かって、自分は科学に身を捧げて、余生をただ一人書物を相手に暮らすつもりだと、宣言した。

イムラックはそれに答えて、「最後の決心をなさる前に、その難点もよく調べ、一人の相手もなしに年老いてしまった人たちの意見も聞いて御覧になる必要があります。私はつい今、世界でも有数の博学な天文家の観測所を訪ねて来たところですが、この人は四十年間天体の運動状況に倦まぬ注意を注いでき、果てしない計算に精魂を傾けてきた人です。一月に一度少数の友人を呼んで自分の推定を聞かせたり発見を教えたりしています。私も紹介される価値のある知識人として紹介されたのです。たった一つのことだけに多年思いを凝らし、専門以外のことの意象は次第に頭から消え去るような気のしている人々には、思想が博く話の巧い人間が歓迎されることがよくあるのです。私の話は大層その人の気に入りました。その人は私の旅の話に微笑を浮かべながら、星座のことも忘れて一時下界に下りて来るのを喜びました。

次の面会日にも改めて訪ね、幸運にも再びその人の気に入りました。そのとき以来その人はその厳しい規則を弛めて、私にいつでも好きな時に来てよいと言ってくれました。いつ行ってみても忙しそうですが、しかしいつでも一息つけるのを喜んでくれます。お互いに相手の知りたいことを沢山知っていますから、我々はお互いに意見を交換して喜び合うのです。日ごとにその人の私に対する信頼も増すのが判り、私の方もまたいつも相手の知識の深さに改めて感心することばかりでした。その人の理解力は大きく、記憶も博覧強記、話は論理整然として、表現も明快なのです。

廉潔なこと慈悲の心の厚いことも学識に劣りません。どんな深遠な研究、どんな好きな勉強をやっている時でも、自分の意見或いは自分の富を提供することが人のためになる機会があれば喜んで中断します。どんなに人を避けて引っ込んでいる時でもどんなに忙しい瞬間でも、彼の援助を求める者があれば即座に通されます。『怠惰や快楽は締め出すけれども、慈善に対して我が門を鎖すことは絶対にしない。空を眺める仕事は天から好意で許された仕事であるが、善を行う仕事はこれは人間の命ぜられた義務だ』と彼は言うのです」。

姫が言う、「疑いなくこの人こそ幸福な人だ」。

　イムラックが続ける、「私はますます足繁(あししげ)くこの人を訪ねるようになり、その度(たび)ごとにいよいよこの人と話を交(かわ)すことに惚(ほ)れ込みました。この人は崇高(すうこう)な性格ではあっても傲慢(ごうまん)なところはなく、慇懃(いんぎん)ではあっても形式ばらず、よく語るけれども知識をひけらかす風はありません。私も最初は、姫よ、あなたと同じ意見で、この人こそ人類中最も幸福な人と思い、至幸至福に恵まれていらっしゃると言って祝意を表したことも何度もありました。ところがこの人は何の話でも熱心に聞く人ですが、自分の境涯への讃辞だけは無関心に聞き流す風で、常に曖昧(あいまい)な返事を返し、話題を何かに転じてしまうのです。

　こうやって喜ばせたり喜んだりの付合いをしているうちに、間(ま)もなく私には、何か苦痛の感情があってこの人の心のかげりになっているように思えてきました。よく目を上げてじーっと太陽を見たり、そうかと思うと話の途中で声を落としたりするのです。二人だけでいるような時、時に黙ってじーっと私を眺めて、何かまだ打ち明ける決心まではつきかねているが、或ることを口にしたいと考えている人のような風を見せるのです。時によると使いを寄越して大至急来てくれと呼び寄せながら、行ってみると格別の話もないということがあったり、また時によると私が立ち去ろうとするのを呼び戻して、二、三秒黙っていて、それから、いや何も用はないと言ってみたりすることもあるのです」。

第四十一章　天文家、不安の原因を語る

「そのうちにとうとう彼の心の秘密が、遠慮の堰を切って飛び出す時期が来ました。我々は昨夜、彼の家の塔に対坐して、木星の衛星の一つが姿を現わすのを見ていました。と、突然嵐が起こって空は曇り、折角の観測が駄目になりました。我々は暫く暗中に黙坐していましたが、やがてその人が、こう話し掛けてきたのです。『イムラック君、私は君の御交情を得たことを、これこそ我が生涯最大の幸福だとかねて考えている。凡そ知識がなくて廉潔の心のみあるのは無力役に立たぬものだし、廉潔の心がなくて知識のみあるのはこれはまた危険で恐ろしいものだ。君という人は、慈善の心も、経験も、意志の強さも、万事を信頼するに必要な素質をことごとく具えている。私はかねて或る勤めを引き受けているのだが、神が召されればすぐにもそれを棄てねばならない。ついては、私がぼけてきたり肉体の苦痛に堪えられなくなったりした時には、君にその勤めを引き受けてもらえると有難いのだが』

こう言われて私も我が身の名誉と考え、あなたの幸福の足しになることなら、何事に

よらず私の幸福にも寄与するわけです、と答えました。

『イムラック君、まあ聞いてくれ給え。しかしこれは容易には信じられない話だろう。実は私は五年前から、天気の調整と寒暑の配分とをこの手に握っているのだ。太陽も私の命令に従って、私の指図のままに回帰線から回帰線の間を動いている。雲も私が呼べば雨を降らせ、ナイル河も私の命令で氾濫するのだ。天狼星の怒りを抑え、蟹座の熱烈さを緩和している者も私だ。すべて自然の力の中で、風だけが私の権威に従うことを拒んでいるので、春秋の暴風に何万という人が死んでいるが、これだけは私にも禁ずることも抑えることもできない。私はこの偉大な勤めを、絶対公正に行ってき、地上多くの国々に雨も日光も偏頗なく配分するようにしてきた。もし私が雲を或る特定の地帯だけに制限したり、赤道の片側だけに太陽を閉じ籠めたりしたとしたら、地球の半分がどれほど悲惨な目に遭ったことだろう』

第四十二章　天文家、自説の正当さを説く

「部屋は暗かったけれども、その人は何か私が啞然として信じかねている気配を見てとったのでしょう、暫く間を置いて、こう続けました。

『容易に信じてもらえないということは覚悟の上だから腹も立たない。恐らくこういう大変な仕事が人間に託されたのは私が最初だろう。私はこういうお見出しに与ったのを恩顧と考えるべきか罰と考えるべきか解らない。見出されてからの私は以前よりはずっと不幸になった。神のお考えは善意なのだと意識することがなかったならば、到底私は終始緊張して気を配っていなければならぬ物憂さに堪えられなかったろう』

『この大変なお勤めにいつ頃から携わっておられるのですか』と私は訊ねてみました。

その人は答えて、『十年ほど前、空の変化を日ごとに観測しているうちに、私は、もし自分に四季を支配する力があったら、地球の住民たちに今まで以上の豊作を齎し得るだろうか、と考え始めたのだ。この考えが頭にこびりついて、昼も夜も私は想像裡の天の王座に坐り、あちらの国こちらの国に豊饒の雨を降らせ、晴れた後には適当量の日光

を送ってやった。当時の私はまだ善をなさんとする意志があったのみで、将来いつかはその力を得るだろうとは夢にも思っていなかった。

或る日、私は暑さに枯れんとする畑を眺めている時に、ああ南の山々に雨を降らせてナイルの川を溢れさせることができたらなあ、という願いを突然脳裏に感じたのだ。想像が忙しく働くままに私は思わず、雨よ降れ、と号令をかけた。そうして私の号令をかけた時間と洪水の起こった時間とを比較してみて、私は、雲が我が言葉に従ったのだと知ったわけだ』。

『何か他の原因からそういう偶然の符合が起こるということはないものでしょうか。ナイルも毎年同じ日に溢れるとは限らないのですから』と私が言いました。

いらいらした様子でその人が言うのです、『そういう反駁に私が気付かなかったと思ってはいけない。私自身、理論の上では永いあいだ私自身の確信に反対して、この上ない強情さで真理を打ち消そうと骨折ったのだ。私は時には自分が気が狂ったのじゃないかと思ったこともある。君のように、驚くべきことと有り得べからざること、信じ難きことと虚偽なることを識別できる人にでなければ、私もこの秘密を明かす気にはとてもなれなかったろう』。

私は申しました、『あなた、それが真実と知りながら、或いは知っていると思いながら、なぜ自らそれを信じ難きことと呼ばれるのですか』。

その人が答えます、『それは私が何ら外的な証拠によってそのことを証明できないからだ。私は証明ということの原則をよく知っているから、私が確信するからといって、それがその確信の強さを意識しない他人をも感化すべきだとは考えない。したがって私は議論によって人を信じさせようとはしないのだ。私がこの力を自分で感ずる、そして長い間それを手に握ってき、また毎日それを動かしてきた、というだけで充分なのだ。けれども人間の命は短い、老いの衰えがひしひしと迫って来る。四季の支配者たる私が土に帰らねばならぬ時も間近い。後継者を選ぶことの苦労にかねて私は悩んでいた。日夜、私の知る限りの人々を比較していたのだが、君のように立派な人にはまだぶつからなかったのだ』。」

第四十三章　天文家、イムラックに指令を遺す

『そういう次第だから、これから私の伝えることを、全世界の安寧に関することと思ってよく注意して聞いてもらいたい。世の国王たる者の仕事はたかだか二、三百万の人間に関すること、それも国民に対して大した善も害も与えることはできない。その国王の仕事をしも至難とするならば、地水火風の動きの因ともなり、光とか熱とかいうような大恩恵もそこから発するこの役に就く者の気苦労は如何ばかりだろう。そこを考えてよくよく注意して聞いてもらいたい。

私は孜々として地球と太陽の位置を考究し、その位置を変える無数の計画を立ててみた。時には地軸の向きをちょっと動かしたこともあり、時には太陽の黄道をちょっと変えたこともある。しかし世界全体の利益になるような配置をすることはどうしてもできないのだ。我々の知らない、太陽系の遠い部分のことは考慮に入れないとしても、どう配置を変えてみても一地方の利益になれば別の地方の損になるのだ。されば、君が四季の運行を管理するようになっても、新案を出して功を誇ろうなどという気を起こしては

いけない。四季の秩序を乱すことによって将来子々孫々の末に至るまで我が名を不朽ならしめることができるなどと身勝手な考えを起こしてはならぬ。害毒を残して記憶さることは望ましい名声ではあるまい。新案によって親切或いは利益を後世に残そうなどとは所詮叶わぬことなのだ。他の国々に降るべき雨を奪って君自身の国に降らしたりしてはならぬ。我々にはナイル一つあれば充分なのだ』

私は、その力を手に収めた時は、不動の廉潔の心を以てそれを行使しようと約束しました。するとその人は私の手を強く握って、私を去らせましたが、その時こう言うのです、『これで我が心も楽になった。慈悲の心の故に一身の落ちつきを滅茶滅茶にされることももうなかろう。私は叡智有徳の人を得て、太陽の遺産を快く伝えることができるのだ』。」

王子はこの物語を大真面目な関心を以て聞いていたが、姫は微笑を浮かべ、ペクアーに至っては腹の皮をよじらせて笑い転げた。イムラックは言った、「婦人方よ、人間の苦悩のうちでも最も重い苦悩を嘲り笑うとは、情けある仕打ちとも賢い行いとも言えません。この人の知識に達し得る者は少なく、この人の行った善行を行い得る者も少ないが、この人と同じ災厄に苦しむことは誰にもあり得るのです。我々の現在の環境は色々不安定なことばかりですが、中でも一番恐ろしい一番身の毛のよだつ思いのするのは、我々の理性というものがいつまで続いてくれるか不安定である一点です」。

姫はハッと悟り、侍女もはしたない振舞いを恥じた。ラセラスは更にいっそう深く感動して、イムラックに向かい、そういう精神の病は頻繁にあることと思うか、またそういう病はどうして起きるのか、と訊ねた。

第四十四章　想像力のみ蔓延るは危険なり

イムラックは答えた、「頭が狂うということは、うわべばかり観察する人たちが手軽に信じているよりも、遥かにしばしば起こるものです。事によると、厳密に言うならば、少しも狂っていない人間の頭というものはないとも言えるでしょう。どんな人でも、想像力が時には理性に打ち勝たないという人はありません。意志の力で完全に自分の注意を制御し得る人、観念がおのれの命のままに去来する人というものはありませんどんな人でも、時には根もない考え方が暴威を揮い、正気の時の可能性の限度を越えた希望や恐怖を抱くことがあるものです。すべて空想の力が理性に勝つのは或る程度の狂気です。がその力を我々が制御し抑制し得る間は、それは他人の目には見えず、したがって精神能力の退化とは考えられないのです。つまり、それが統御できなくなって明白に言葉や行動に影響を与えるようになるまでは狂気とは宣告されないのです。

創作の力をほしいままにし、想像力を手放しに飛翔させることとは、常々黙って思索に耽ることを喜びとし過ぎる人間にとって、往々慰みとなるものです。我々が一人おるとき、我々は必ずしも頭を忙しく働かせてばかりはおりません。むきになって何か考え込む状態は永続きしませんし、熱烈に何物かを探求する気持ちも、時には怠惰(たいだ)や倦怠(けんたい)に席を譲ります。そういう時、気を紛らすに足る外物を持たない者は、自分の心の中に楽しみを求めるより外(ほか)ありません。自分を実際の自分以外のものと考えるより外ありません。どうせ実際の自分に満足している者はないのですからね。そういう時そういう人は、無限の未来界を自由に歩(ある)き廻(まわ)って、あらゆる想像し得る限りの条件の中から、その瞬間において自分が一番望んでいるようなものを色々と拾い集めてきます。そうして到底あり得ないような享楽に我が欲望を楽しませ、現実には到底達し得ないような権勢を空想して我が誇りを満足させるのです。頭は色々な場面を次から次へと踊り廻り、あらゆる楽しみ事のあらゆる組合せを作り上げ、自然とか運とかいうものがあれだけの恵み深さを以(もっ)てしても与えることのできない色々の喜びに浮かれ騒ぐのです。

そんなことをしているうちに、その人の注意は或る特定の一連の観念の上に釘付(くぎづ)けにされます。それ以外のすべての知的満足は排斥されます。頭は、倦怠閑暇を感ずるごとに、のべつその気に入った考え方に走るようになります。そして真実の苦々しさに腹を立てる度(たび)に、甘美な虚妄の饗宴(きょうえん)に耽(ふけ)るのです。次第次第に空想の覇権が確立されます。

空想はまず権柄（けんぺい）を揮い始め、そのうちには専制君主となります。そうなると脳裏の創作が現実として働き始め、真（まこと）ならぬ意見が頭をしっかりつかみ、生は有頂天の、或（あ）るいは苦しみの、夢の中に過ぎて行くのです。

これが孤独な者の陥りがちな危険の一つなのです。いつかの隠者も孤独が必ずしも善を進めるものではないことを認めましたが、今度の天文家の悲劇は、それが必ずしも叡智（えいち）を進めるのに都合のよいものでもないことを証明したわけです」。

お気に入りのペクアーが言った、「私はもう二度と自分がアビシニアの女王になったところを想像したりはしません。私は王女様から自分の勝手にしてよいとお暇を頂く度に、何時間も何時間も儀式を調整したり宮廷を統御したりするところを空想して過ごしたものです。権力ある者の傲慢（ごうまん）さを抑えたり、貧しき者どもの嘆願を叶（かな）えてやったりもしました。今ある以上の幸福な環境に新しい宮殿を建ててみたり、山々の頂きに植林してみたり、如何（いか）にも王者に相応（ふさわ）しい善行を施して喜んでみたり、その揚句（あげく）に王女様が入って来られても、頭を下げることを危うく忘れたこともあったのです」。

姫も言った、「私も白日（はくじつ）の夢に羊飼いの女になってみたりすることは二度と繰り返すまい。私はよく田園の仕事の静かさ罪の無さを思って心を慰め、しまいには自分の部屋にいながら風の囁きや羊の啼く声を耳に聞いたこともある。時には繁みに迷い込んだ仔羊を救ってもやり、時には鉤杖を揮って狼に立ち向かいもした。私は村の乙女の着るような着物を持っているが、それを着て自分の想像力の助けとし、笛をそっと吹いてみては自分の後ろに羊の群が従っていると考えたこともある」。

王子が言った、「いやいや、私も白状するが、私の耽った空想の喜びはおまえたちの空想よりもずっと物騒なものだった。私は完全無欠な政治というものの可能性を空想裡に描いてみようと何度も骨折ったことがある。すべての不正は禁じられ、すべての悪は改革され、全人民が静穏潔白の生活を続けるというような政治をだ。こういう考えから無数の改革計画が生まれ、有効な統制や有益な布告が沢山発せられた。私は孤独な時こんなことを考えて慰みともし、時には慰みの程度を越えて仕事ともしたものだ。一度などはそのために平気で父や兄たちの死を想像したことを考えると、私はゾッとする」。

イムラックが言った、「頭の中で計画ばかり立てているとそんなことになるのです。初めの間はそんなことを考えても、それが馬鹿げた考えだと解っているのですが、段々慣れっこになってくると、しまいには馬鹿馬鹿しさが解らなくなってしまうのです」。

第四十五章　一同、一老人と語る

夜も更けたので皆は立ち上がって家路についた。流れに打ち顫える月の光をめでつつナイルの岸を歩いて行くと、やや離れた所に一人の老人が見えた。王子が度々賢人の集会に出てその説も聞いたことのある老人である。王子が言う、「あそこにいる人は、年老いて情熱は鎮まったが理性は少しも曇らぬ人だ。今宵の議論のしめくくりに、あの人が自分の境涯をどう考えているのか、訊ねてみようではないか。思うに任せぬことのみ多くて内心の腹立ちと戦わねばならぬのは若い者だけかどうか、人生の晩年には何かすぐれた希望が残っているものかどうか、解るかも知れない」。

このとき賢人は近づいて来て挨拶した。一同は散歩に加わるように勧め、暫くは知人同志が思いもかけず出逢ったもののように他愛ないことをしゃべっていた。老人は快活多弁で、共に歩めば道のほども短く思われるのだった。おのれが無視されぬのを知って喜んだ老人は、とうとう一同の家まで同行し、王子の請いに、家内に通った。一同は老人を上座に据え、酒と砂糖漬けの果物を出してもてなした。

姫が言った、「一夕の散歩も、あなたのように学問のある方には、無知な若い者の到底考え及ばないような楽しみを与えるに違いありません。あなたは、御覧になる限りのものの本性とか原因とかがお解りでしょう。どういう法則によって川は流れるのか、どれだけの周期で遊星は回転するのか、というようなことも。あらゆる物があなたには思索の種（たね）となり、御自分が立派な人間であるという意識を改めて感じさせるよすがともなるのでしょう」。

老人が答える、「姫よ、遠歩きをして楽しみを期待するのは、陽気で元気盛んな若いうちのことだ。老人は楽（らく）にしていられればそれで満足なのだ。私にはもう世の中の珍しさもなくなった。四方を見廻（みまわ）しても眼に入るものは、もっと幸福だった時代に見たことのある物ばかり。樹（き）に凭（もた）れても、考えるのは、この同じ木蔭（こかげ）で昔はナイルの年々の氾濫（はんらん）を友と論じたこともあったが、というようなことばかり、その友も今は墓場にあって口もきかない。眼を空に放てば、満ちては欠ける月をじっと眺めて、人の世の栄枯盛衰を思って心を傷（いた）ましめる。私は今では形あるものの真相を知ることに大した興を覚えなくなった。やがては別れるこの世の事物が私に何の関係を持ちましょう？」

イムラックが言った、「しかし少なくとも、名誉あり生（い）き甲斐（がい）のあった御一生を追憶して心の楽しみとし、皆人が一致して捧げる讃辞を楽しむということはできるでしょう」。

賢人は溜息と共に言う、「讃辞も老いの身には虚ろな響きです。私には息子の名声を喜んでくれる母もなければ、夫の名誉を分かち喜ぶ妻もありません。嘗ての友も競争相手も皆死んでしまった。利害をおのれの一身以上に推し及ぼすことのできない身には、何一つ重大な意味のあることはないのです。若いうちは人の喝采を得れば嬉しい。それは、何か将来の益を保証すると思われるからです。生涯の見通しがぐっと拡げられるからです。しかし私のような老衰期に向かっている者には、人が悪意を持つからとて恐れる必要もなければ、愛情や尊敬を示すからとて希望を持つことは一層ありません。まだ人に奪われるものは少しはあるかも知れませんが、人から与えられるものは全然ないのです。富も今では無用ですし、高い地位に就くことなどは苦痛です。過去を回想すればまざまざと眼に映るのは、善を行う機会を何度も逃したこと、多くの時をつまらぬことに浪費してしまったこと、怠惰と無為に費消した時はもっと多いこと、などばかりです。手を染めず仕舞いの大計画も数多く、手をつけて未完成のものも少なくありません。けれども幸いに心の重荷になるような重罪も犯していないから、心を落ちつけて静穏に暮らしたいと思います。希望や心配は、理性で考えれば空なものと解っていながら、未だに昔のままに私の気持ちを捕えて離すまいとするのですが、そんなものも早く超越したいと努めています。最後の時も、自然の理から言ってそう遠くはないはずですから、澄んだ謙虚な心持ちでその時を待ちたいと思うのです。そして、この世で見出し得なかった幸福、この世で達しなかった徳性を、恵まれたあの世で手に入れたいと願うのです」。

老人は立ち上がって辞し去った。聴いていた一同は後に取り残されて、長生を願う気持ちも頓には起こらなかった。が、やがて王子は自ら慰めるようにこう言った。今の話を聞いて失望するのは筋道が通らない。昔から老年というものは至福の時期と考えられてはいないのだ。頽齢衰弱の期に及んでなお晏如たることもできるとすれば、血気盛りの敏捷に身体も動く時代こそ幸福になりそうに思える。人生の夕暮れが静かであり得るなら、真昼は一点の雲もなくてよさそうに思える、と。

姫は姫で考えた。年寄りというものは愚痴っぽい底意地の悪いものではないだろうか。後から世の中に出て来た者の期待を抑圧して喜んでいるのではないだろうか。財産を持つ者が、我が跡を継ぐ者を、嫉妬の目で眺めるのを見たこともあるし、楽しみを自分が独占し得なくなると、途端に楽しみが楽しみでなくなる例を幾つも知っているではないか、と。

ペクアーは、あの老人は見てくれ以上の年寄りなのだ、と臆測して、だからああ文句ばかり言うのも、意気衰えて気が変になっている所為だ、とした。でなければ、一生不運だった人で、そのために不満を持っているのだ、と想像した。彼女は言った、「自分の置かれた状態を人生一般の状態と考えるのは、極めてありふれたことではないか」。

イムラックは、一同が滅入ってしまうことを願う気はなかったから、三人ながらそれぞれ簡単に自ら慰める理窟を見出したのを見て、微笑んだ。そして心の中では、自分も三人の年頃には、同じく世の中は純粋に思う目ばかりの連続で進むものと信じ切っていたし、躓くことがあればやはり慰めになるような巧い理窟をいとも易々と生み出したことを思い出していた。どうせ歓迎されぬ浮世の真実を無理に押し付けることはない、いずれは間もなく時がはっきり悟らせるのだからと考えて、先輩ぶって語ることを彼は差し控えた。姫と侍女は退いたが、狂った天文家のことは二人の心にかかっており、二人はイムラックがその業を受け継いで、翌朝の日の出を遅らせてくれることを望むのであった。

第四十六章　姫、ペクアーと天文家を訪(おとな)う

姫とペクアーはイムラックの語った天文家のことを秘かに話し合い、その人柄を誠に愛すべくもまた不思議なものと考えた。その揚句(あげく)は、親しく本人を知らずには満足できないようになり、そこで何とか対面の道を考えてくれとイムラックに請うのであった。

これはちょっと難しい相談であった。彼の住む都にはヨーロッパ人も沢山(たくさん)おり、その連中はそれぞれの国の風習に従っていたし、その他にも色々の地方の出身者がいてヨーロッパ流の自由な生活をしていたのだが、かの哲人ばかりは一度たりとも女人(にょにん)の訪問を受けたことがないのである。さればとて面会謝絶では二人が承知しない。そこで意図を実現させるために幾つかの計画が持ち出された。悲境にある異国者だと言って紹介してはという案も出た。そういう者にはこの賢人はいつも門戸を開いているのである。が、よく考えてみると、この案では知合いになるというわけには行かない。短い会話で済んでしまって、どうも度々(たびたび)うるさく押し掛けては行きにくいのである。ラセラスが言った、

「その点も正(まさ)にその通りだ。が私は、身分を偽るというやり方に、もっと強い反対意見

がある。大事であれ小事であれ、相手の人のよさに乗じてその人をだますというのは、人間性という偉大な共和国に対する叛逆だと私はかねがね考えている。すべて騙るということは人の信頼を弱め人の好意に水をさすものだ。その賢人が、おまえたちが触れ込み通りの人間でないと知った時、その感ずる怒りは、自分の人並すぐれた能力を意識しているのに低い頭脳の持ち主にペテンにかけられた、と知った場合に当然の怒りであろう。そこから出て来る不信の気持ちは、いつになっても全く忘れ去ることはできず、とどのつまり或いは、人に忠告の声を与えることも慈善の手をさしのべることもやめてしまわないとも限らない。そうなったら、人類に対するその人の恩恵、或いはその人自身の心の平和を、おまえたちは何の力に頼って取り戻そうと言うのか」。

これには答えよう術もなかった。イムラックはこれで二人の好奇心も冷めるかと一縷の望みをかけたが、翌日になるとペクアーが彼に言うには、天文家を訪れる公明正大な口実が見つかった、あのアラビア人に手ほどきを受けた学問をこの人について続けたいと言って許可を懇願しよう、王女の方は同学の友人だと言って一緒に行ってもいいし、女が一人で来るのは世間がうるさいからと言ってもいい、と言うのだった。イムラックは答えて、「あの人はあなたと鼻つき合わせていることにすぐ倦きてしまいそうですな。

遥かに知識の進んでいる人というものは、自分の携わる学問の初歩を繰り返すことを喜びません。その上、その人の伝授する初歩だけでも、色々の推定と関聯し思索とまじり合って、あなたの頭でどれだけ理解できるか心許ないものです」。ペクアーは言った、「そんなことはあなたの知ったことではない。私はただあなたに、その人の所に連れて行ってくれと頼んでいるだけです。私の知識だって、或いはあなたの考えているよりはましかも知れない。それに、いつもその人の意見に同意ばかりしていれば、事実以上に大した知識だとその人に思わせることもできるでしょう」。

この決意に基づいて、天文家には、知識探求の旅にある外国の一貴婦人が、あなたの名声を聞いて弟子になりたがっている、と伝えられた。申し出の異常さに、彼の驚きと好奇心はたちまち呼びさまされ、少時熟慮の後、引見することを承諾したのであったが、天文家も落ちついて翌日を待つことはできなかった。

二人の婦人は盛装を凝らして、イムラックを伴に天文家を訪れたが、かくも立派な容姿の二人が尊敬を抱いておのれに近づきを求めるのを見て、天文家も満悦であった。初対面の挨拶の交換に、彼は気遅れしてはにかんだが、話が軌道に乗ってくると彼も実力を取り戻し、かねてイムラックの口から伝えられた評判を裏書きした。ペクアーに向かって一体どういうわけで天文学などに心を寄せるようになったかと訊ねてみると、ピラミッドにおける危難とアラビア人の島で送った月日の物語が返事に語られた。その語りぶりは楽々と優雅で、その話が彼の心を捕えた。やがて会話は天文学に向けられ、ペクアーは知る限りを披瀝する。学者は彼女を驚くべき天才と判断し、かくも見事に踏み出した学問の道を中途でやめることのないように切望するのだった。

二人は何度となく訪れて来たが、歓待の度は一回ごとに増した。賢人は何とかして二人を楽しませて長くいてもらおうと努める。一緒にいれば自分の思想も溌剌としてくるように思うのである。努めて二人をもてなそうとするうちに、憂慮の雲も次第に晴れ、彼らの辞し去った後、昔ながらの四季統制の仕事に一人取り残されては、心の悲しみを覚える始末であった。

とかくするうちに姫とそのお気に入りの侍女とは学者の唇を見つめること数カ月に及んだが、彼がおのれの奇怪な役目を今なお前の通りに考えているのかどうかを判断できる手がかりとなるような言葉は、一語も捕え得なかった。何とかはっきり言わせようと策をめぐらしたこともしばしばだったが、どう攻め立てても相手は軽く身をかわして、どちらの側から押してみても、何か他の話題に巧く逃げるのだった。

いよいよ親しくなるにつれて、二人はしばしば彼をイムラックの家に招じたが、そういう時には並々ならぬ敬意を払って特別に待遇した。次第に彼もこの世の楽しみを喜ぶようになった。彼は早く来て遅く辞し、せっせと二人の意を迎えてよく思われようと骨を折った。新しい技能に対する好奇心を掻（か）き立てては、いつまでも自分の助力を必要とするように仕向けた。二人が遊山（ゆさん）或いは研究のための遠足でもする時には、自ら求めて同行した。

天文家の心の廉潔（れんけつ）さ、またその叡智（えいち）の程を長時間経験するうちに、王子も妹姫も、すべてを打ち明けて大事なしと確信した。慇懃（いんぎん）なもてなしばかり受けるために相手があだな希望を抱いてもいけないと、自分らの身の上も打ち明け、旅に出た動機も告白して、人生の選択についての意見を求めてみた。

賢人は言った、「世の中に繰り拡げられる種々さまざまな条件の中で、あなた方がどれをお選びになったらよいかは、私には教えられません。私がはっきり言えるのは、私は選択を誤ったということだけです。私は何を経験することもなくただ学問だけで一生を送ってきました。大概の場合極めて間接にしか人類の役に立ち得ないような学問を、身につけようと一生を費やしたのです。私は人生通常の慰楽をことごとく代償として知識を買い取りました。私はやさしく胸を掻き立てるような女性との交(まじ)わりも、家庭愛の幸福な団欒(だんらん)も犠牲にしました。もし私が、他の学者の及ばない何かの特権を得たとしても、それには恐怖、不安、翼々たる小心が付(つ)き纏(まと)っているのです。しかもその特権さえ、どんな特権だったか知りませんが、こうやって世の中と交わるようになって色々のことを考えるようになってからは、果たしてそのような特権が現実にあったのかを疑うようになりました。二、三日楽しい道楽に没頭していると、いつも私は、自分の探究も結局は誤りであった、随分苦しんできたがそれも無駄な苦しみだった、と考える気持ちになるのです」。

イムラックは、賢人の悟性が周囲の靄(もや)を破って出ようとしているのを知って喜び、彼が星の運行を支配する仕事を忘れて、理性が昔の影響力を取り戻すまでは、星のことを考えさせまいと決心した。

この時から天文家は特に親しくもてなされ、一同の計画にも遊楽にもことごとく与(あずか)るようになった。一同に敬意を持っているから彼の態度も慇懃さを失わない、一方ラセラスが色々と活躍するのでぼんやりしている時間はないくらいである。昼は色々と物を観察する、それが夜の話題になる、最後には明日の計画を立てて寝る、という風で、いつでも何かせねばならぬ仕事があった。

賢人はイムラックに告白して、人生の陽気な騒ぎにまじり合って、次々と面白可笑しいことに時を費やすようになってからは、空を自分が支配するという確信も次第に心から薄れていくように思う、今までの私の考え方は、到底人に向かって証明することはできないし、それにああいう考え方も所詮は変化を免れないもの、それも理性とは何の関係もない原因で変化していくのだと気がつくと、今までの考え方を信頼する気持ちも弱くなるのです。「たまたま私が二、三時間一人きりでいるようなことがあると、私の根深い信念が押し寄せて来て魂を占領し、私の頭の中は何か抵抗し難い力に束縛されてしまうのですが、それも王子の話を聞いているとたちまちほぐれてしまい、ペクアーどのが入って来れば即刻解放されるのです。私はのべつ幽霊を恐れている人間のようなものです。灯のある所では安心して、どうして暗い所ではあんなに恐怖心にさいなまれたのだろうと不審に思うのですが、さて灯が消えると、明るくさえなれば感じはしない恐怖なのだと承知していながら、やはり怖くて仕方がないのです。けれども時に私は、勝手に静かな時を送って怠惰の罪を犯しているのではないか、私が任されているあの大きな責任をことさらに忘れているのではないかと、気になるのです。もし私が自ら過ちを犯しているを知りながら我と我が身を庇うとか、こういう重大な決し難い大問題に自分の楽ということを標準にして決めるとかいうことがあるならば、それは何と恐ろしい罪でしょう」

イムラックが答えた、「想像が異常になる病の中で、一番治しにくいものは、罪の怖れと入りまじっている場合です。そういう場合には、空想と良心とがかわるがわるに我々に働きかけてくる、二つが目まぐるしいほど入れ代り立ち代り押し掛けてくるので、一方から来る幻と他方からの命令とが区別がつかなくなります。空想が生み出す幻が道徳的でも宗教的でもない場合には、そういうものの苦痛に堪えられなくなった精神はその幻を追い払ってしまいます。けれども、憂鬱な幻想が義務の形を借りて現われる時、我々はそういうものを排除し追放することを恐れるから、精神機能は無抵抗にその擒となってしまいます。そういう理由で迷信家は往々にして憂鬱であり、憂鬱家に至っては殆ど常に迷信的になるのです。

とは言っても、こういうことをおずおずと申し出るのは何もあなたのすぐれた理性を圧倒しようというのではありません。怠ってはいないかという懸念は、義務があるものという前提のないところには成り立ちません。その前提は、虚心に考えてみれば殆どないことがお解りでしょうし、そのわずかばかりあるものも日と共にいよいよ少なくなるでしょう。どうぞ心を開いて、時々外からさし込む光の力に身をお任せなさい。躊躇の気持ちがうるさく付き纏う時には、どうせ光のさす時にはあだなものであると解っているのですし、そういうものを相手にしてはいけません。仕事にでもペクアーの所にでも逃げておいでなさい。そして絶えず頭にはっきり置いておいて頂きたいのは、自分は何億という全人類中の一原子に過ぎない、自分一人だけが選び出されて度外れた恩恵或いは拷問を受けるような、そんな善いところも悪いところも持ってはいないのだ、という考え方です」。

第四十七章　王子入り来って新話題を齎す

天文家は言う、「そういうことはみな何度も考えてみたのですが、何しろ私の理性は、実に長い間、制御し難い圧倒的な一つの観念に征服されているので、理性が理性自身の決断を信頼しようとしなかったのです。今こそ私にも、怪獣に秘かに私の魂を餌食にさせてしまって、どれほど致命的に心の平和を犠牲にしていたかが解ります。しかし憂鬱病は人交わりを避けたがるもので、今までの私は、打ち明ければ気が楽になると判っていながら、心の悩みを打ち明ける人をついに見出し得なかったのです。あなたのように容易には人にだまされない人、同時に人をだまそうという何らの動機も意志も持っているはずのない人によって、私自身かねて考えていた考えが裏書きされたのは誠に嬉しいことです。長いあいだ私を包んでいた陰鬱も、やがて時と変化ある生活とに雲散霧消して、後半生は平和のうちに暮らせるようになるだろうと願っています」。

イムラックが言った、「あなたの学徳から言って、当然希望をお持ちになってよいと思います」。

その時ラセラスが姫とペクアーともども入って来て、何か明日の新しい遊びを考えたか、と訊ねる。ネカヤアが言う、「人生というものはつまらないもので、人は誰しも将来の変化を予想して初めて幸福を感ずるのです。変化そのものは何の価値もないので、変化してしまえばまた次の変化を望むのです。世の中はまだ種切れになってはいません。明日は何か今までに見たことのないものを見たいものです」。

ラセラスが言う、「変化ということがなければ到底この世に満足はできない。あの『幸いの谷』さえも贅沢三昧の繰り返しばかりですっかり厭になったものだ。しかし、聖アントニー僧院の修道僧たちが、同じ楽しみの繰り返しどころか、同じ苦行の繰り返しを、文句も言わずに一生続けるのを見た時、私は何と忍耐心のない男かと我が身を責めずにはおられなかった」。

イムラックが答える、「静かな僧院の生活をしているあの僧侶たちは、快楽の牢獄に繋がれたアビシニアの王子たちに比べて、決してみじめではないのです。すべて僧侶たちのなすことは、尤もな、筋の通った動機から出ています。彼らの労働は自分たちの必需品を産み出すためです。ですからその労働はせずに済むものではなく、また確かに報いられるのです。彼らが神に一生を捧げるのは、来世に備え、来世の近いことを忘れないためと同時に、来世への適者になるためです。彼らの毎日の時間はきちんきちんと配分されています。次から次へと色々な義務が課せられておって、勝手気儘な気散じに耽るとかぼんやり何もせず時を潰すとかいうことは許されないのです。それぞれきまった時間になすべき一定の仕事があり、しかもその苦しい仕事も一向苦ではありません。すべて神信心の行為であり、これによって自分たちは一歩一歩無限の幸福に近づきつつあるのだと考えているからです」。

ネカヤアが言った、「おまえは僧院の掟に従う者を他にまさって神聖な、欠点の少ない生活を営む者と考えるのか。もしここに人あって、博く人類と交わり、悩める者には慈善を施してこれを救い、無知な者には学問を以て教え、勤勉よく人類一般の生活に寄与するとすれば、よしその人が僧房で行われるような難行苦行の或るものを行わず、また身分相応の、格別害もない快楽を我が身に許すとしても、その人はやはり僧侶に劣らず将来の幸福を期待してよいのではなかろうか」。

イムラックが言う、「その問いには古来賢い人たちの間にも意見が分かれ、善良な者も答えに苦しんだのです。私もどちらとも決めかねます。成程世の中にあって立派な生活ができれば、それは僧院にあって立派な生活をするよりも一段と上でしょう。けれども、人と交わりながらすべての誘惑に打ち勝つということは誰にでもできることではないかも知れません。打ち勝つことができないなら、寧ろ退いた方がましです。人によっては善を行う力が弱く、同様に悪に抵抗する力も弱い者があります。或いは逆境との戦いに疲れて、長いあいだ心を傾けて甲斐のなかった善への熱情を放棄する気になる者も少なくありません。老衰や病苦の結果として、社会への苦しい義務を負い切れなくなる者もあります。それが僧院におれば、弱い者気の小さな者も幸いに保護を受け、疲れた者も休息し、前非を悔いた者は瞑想することもできるのです。あの、祈りと思索の隠れ家は、何処か人間の心にピッタリするものを持っている。事によると人間誰しも、おのれに劣らず真剣な二、三の友と一緒に生を終えたい、と願わない者はないのかも知れません」。

　ペクアーが言った、「その通り私も願ったことが何度もあります。お姫様も、群衆の中では死にたくないと仰しゃるのを、聞いたことがあります」。

　イムラックは語を継いで言う、「害のない快楽に身を委ねるということに問題はないでしょうが、それではどういう快楽が無害かということはなお検討の余地があります。ネカヤア姫が胸に描き得るどんな快楽でも、それに害が伴うとすれば、それは快楽の行為そのものにあるのではなくて、快楽の結果にあるのです。それ自体としては無害な快楽でも時として悪になることがあります。この世は束の間の果敢ない世と判っていながら、快楽に溺れればこの世への執着が増すからです。来世は初めあって終りがない、我々は時々刻々にその初めに近づきつつあるが、如何に時を重ねてもその終りに到達することはできないと言いますが、快楽に耽り過ぎればその大事な来世を思う気持ちがなくなってしまうのです。難行苦行はそれ自体としては善でも何でもない、何の役にも立たない、ただ我々を感覚の誘惑から免れしめるのです。完成された未来の生活、それは我々がみな憧れるものですが、そこには快楽のみあって危険は伴わず、安定のみあって抑制は伴わないでしょう」。

姫は黙して語らなかった。王子は天文家を顧みて、何か姫に今までに見たことのないものを見せて、隠退を延ばさせることはできないか、と訊ねる。

賢人が言った、「あなた方の好奇心は実に多方面に亘り、知識欲が実に旺盛ですから、今では珍しいものといっても簡単には見つかりません。しかし生きている人間からは得られずとも、死んだ人間には珍しいものがあるかも知れません。この国の不思議の一つにカタコンベがあります。つまり古代の墓所で、一番古い時代の死体が納めてあるのですが、死体に塗った樹脂のお蔭で、未だに腐りもせずに残っているのです」。

ラセラスは言う、「カタコンベを見て何の楽しみが得られるのか知らないが、他に名案もないのなら、一つ見物に出かけるとしよう。何もせずにもおられないからというのでしたことも数多いが、今度のもその口だな」。

一行は騎馬の護衛の一隊を雇い、次の日カタコンベを訪れた。さていよいよ墳墓になっている洞穴に下って行こうとして姫が言った、「ペクアーよ、我々はまた死者の住居に侵入しようとしている。おまえは後に残りたいのだろう。出て来たらまた無事で逢えることを望むよ」。「いえ、残るのはいやです。姫と王子様との間に挟まって私も下りて行きます」とペクアーが答えた。

そこで全員穴に下り、両側に死体が整然と並べてある迷路の如き地下の通路を、嘆賞の念を催しつつ歩き廻るのであった。

第四十八章　イムラック、霊魂の本性を論ず

王子が言う、「死体というものは国によっては火で焼く、或いは地に埋めて土にまじるに委ねる。いずれにせよ一応の儀式さえ済ませてしまえば眼の届かぬ所に移す点は皆一致しているのに、エジプト人だけがかくも費用をかけて保存するというのには、一体どんな理由が考えられるだろう？」

イムラックが答える、「古代の慣習というものは、その原因がなくなった後も往々依然として行われたりして、一体もとはどういう所から出たのか判らないのが普通です。殊に迷信的な儀礼に関しては臆測は無意味です。何分もともと理性から発したことではないのですから、それを理性で説明しようとしても無理なのです。私はかねて、ミイラにする習慣が起こったのは、一に近親や知人の亡骸に対する愛着からと信じています。特にそういう意見に傾くのは、こういう心遣いは一般に普及していたとは到底思えないからです。もしすべての死者をミイラにしたとすれば、その置き場はやがて生きている者の住居よりも広くなったに相違ありません。ですから富める者、地位の高い者だけが

腐敗から免(まぬか)れたので、その他の者はやはり自然の手に委ねられたと思うのです。しかし普通に考えられている所では、エジプト人は、肉体が分解せずにある間は霊魂も生きていると信じて、そこでこういう方法で死を避けようとしたというのです」。

ネカヤアが言った、「賢明なエジプト人が、霊魂のことについてそのように粗野な考え方をしただろうか？　霊魂が肉体と分離する時に死なないものとすれば、一度分離した肉体から後になって何の影響を受けることがあり得るだろう」。

天文家が言う、「何しろ遠い昔で、異教の暗黒の中に哲学の曙光(しょこう)が初めてさしそめた頃のことですから、エジプト人も勿論(もちろん)間違った考え方をしたでしょう。すべて知識が明瞭にされる機会の多い今日でさえ、霊魂の本性はなお論議の的(まと)です。霊魂の不滅を信じながら、しかも一方では霊魂は物質かも知れないと説く者が今日なおあるのです」。

イムラックが答えた、「成程(なるほど)霊魂が物質であると言った者はありますが、仮にも物を考えることを知るほどの者なら、そのような考え方をした者があるとは私には信じられない。理性の導き出す如何(いか)なる結論も精神の非物質性を強調しているし、また感覚の認めるところ科学の探索するところ、すべて一致して物質に意識のないことを証明しているのですから。

考えるという能力が物質に具わっている、言い換えれば物質のすべての分子が思考性を持った存在である、と考えた者はないのです。もし物質のどの部分も思考力を持たないものなら、一体どの部分が考えると想像できるでしょう。物質同士が異なるのは、形、密度、大きさ、運動、運動の方向等の点だけです。これらの点をどう変化させてもどう組み合わせてみても、それに意識というものを賦与することができるでしょうか？　丸いか四角いか、固体か液体か、大きいか小さいか、遅く動くか速く動くか、また、右に動くか左に動くか、等々が物質的存在のあり方であって、これらはすべて斉しく思考の本性とは縁のないことです。もし物質がいったん考える力を持たないということになったら、それを考える力ありとするには、何か新しい考え方を持って来るより外ありません。しかし新しい考え方と言っても、物質が容認し得るようなものなら、それはやはり思考能力とは関係のないものばかりです」。

天文家が言う、「しかし物質論者たちは、物質には我々の知らない性質があるかも知れないと主張するのです」。

イムラックが酬いた、「自分の知らないことがあるかも知れないからといって、知っていることを無視するような結論を下す者は、——言い換えれば可能性に過ぎない仮説を重く見て確実に承認された事実を軽く見たりできる者は、理性ある人間のうちと認めるわけには行きません。我々が物質について知っていることは、物質が自ら動く力を持たず、感覚を持たず、生命を持たないということだけです。もしこの確信に対抗するには、我々の知らない何事かを持ち出すより外ないと言うのならば、人間の知力の認め得る限りの証拠はすべて我々の味方に立つわけです。もし解(わか)っていないことが解っていることに勝つなどということがあり得るならば、全知の神ならばいざ知らず、何人(なんぴと)も確実な結論に到達することはできません」。

天文家は言う、「まあまあ、造物主の力を制限するような思い上がった真似(まね)は控えましょう」。

詩人は答えた、「或ることと或ることが矛盾すると考え、同一の命題が同時に真でも偽でもはあり得ない、同一の数が奇でも偶でもあるということはあり得ないと考え、思考の能力を持たぬように創られたものに思考性を与えることはできないと考えることは、何も神の全能を制限することにはなりません」。

ネカヤアが言う、「この問題は何かの役に立つのかしら？　霊魂の非物質性ということは充分もう証明されたと私は思うけれど、非物質ならそれで必然的に永遠の生命を保つということになるのかしら?」

イムラックが言う、「非物質という考え方は消極的な考え方ですから、したがって余りはっきりしないのです。非物質ということは、朽ち腐る原因が全く無いということになりますから、そこから自然永遠に生きる力があるように思われてくるのです。すべて死滅するものは、その組織が分解し部分部分がバラバラになることによって滅びるのですが、部分を持たぬもの、したがって分解のしようのないものになると、どういう風にしてそれが自然に腐ったり害なわれたりすることができるか、我々には考えようがないのです」。

ラセラスが言う、「私にはすべて広がりを持たぬものは考えられない。広がりのあるものは部分がなければならない。ところが部分のあるものは何によらず滅びるのだと君は言うのじゃないか」。

イムラックが答える、「王子御自身の頭の中の観念というものを考えて御覧になれば、余程解り易くなるでしょう。観念は広がりを持たぬ実体です。観念に現われた形は、大きさを持った物質に劣らず現実感を持ったものです。しかも観念に現われた形には広がりがない。あなたがピラミッドを考えるとする、そうするとあなたの脳裏にはピラミッドの観念が生ずる、それは本物のピラミッドがそこに聳(そび)えているのと同じで、疑うべからざる確実なことです。しかもピラミッドの観念が占める空間は、一粒の米の観念が占める空間以上ではありません。米粒の観念もピラミッドの観念も壊れるということはないのです。物は結果を見て原因を推(お)すことができます。考えられる内容を見れば、考える力は解るわけです。静穏乱すべからざる力なのです」。

　ネカヤアが言う、「しかし口に出すのも憚(はばか)られる至上の神、霊魂の造り主であるその至上の神は霊魂を滅ぼすこともできるでしょう」。

　イムラックが答える、「それは確かに滅ぼそうと思えばできるのです。如何に不死とは言っても、霊魂が長い生命を保つのも神の賜物(たまもの)なのですから。霊魂自身の内部に腐れ朽ちる原因というか腐敗の原理というかそういうものがあって死滅するのでないことは哲学の示すところですが、哲学の説き得るのはそこまでです。霊魂の造り主である神がそれを滅ぼすか滅ぼさないかは、我々は心を空(むな)しくしてもっと高い者の教示に俟(ま)たねばなりません」。

　一同ことごとく佇立(ちょりつ)したままで一時は声もなく寂(せき)としていた。ラセラスが言った、「この死の風景から立ち去ろう。人もし霊魂は遂(つい)に死なず、現在行動する魂はその機能を永く保ち、現在思考する魂は永遠に思考を続けるだろうという理を知らないならば、この死者の邸宅はそのような人にとって如何に陰鬱なものと映るだろう。我々の眼前にこうやって長々と横たわっている死体は、つまりは古代の賢者ないし権力者であろうが、うつせ身の短さを忘れるなと我々に語っているではないか。この人たちとても事によると、我々の如く人生の選択に没頭していた最中に忽然と命を奪われたのかも知れない」。王女が言う、「私には人生の選択ということがさほど重大事とは思えなくなった。今後私はただ永遠性の選択だけを考えていたいと思う」。

　そこで一同は急いで洞窟を出、護衛に守られてカイロに戻って行った。

第四十九章　結末の章、但(ただ)し一事の結末するなし

折しもナイルの氾濫(はんらん)する時期で、一同がカタコンベを訪れた二、三日後には川水が増し始めた。

彼らは家に閉(と)じ籠(こ)められた。地域一帯は水に没して、遠出も叶(かな)わず、話題には事欠かぬところから、今まで見来(みきた)った人の世の種々相を比較し合い、各自が胸に描くそれぞれの幸福の設計を語り合って慰めとした。

ペクアーは、嘗(かつ)てアラビア人から王女の手に戻されたあの聖アントニーの僧院をこの上なく好ましい所と思い、信心深き乙女(おとめ)らを多数集めて、自らそこの尼長たらんと願った。期待しては裏切られて嫌悪に終わるこの世のさまにも倦(う)んで、何処(どこ)か不変の境地に安住したいという気持ちなのである。

王女は、人の世のあらゆる営みの中で学問こそ最上のものと考えた。彼女の願いはまずすべての科学を習得し、次には学ある婦人を集めて一学堂を創設し、自らその学長となり、老いたると交(まじ)わり若きを導き、叡智(えいち)の獲得と伝達とに専念して、次代のために分

別の鑑（かがみ）、信心の範たる者を養成することにあった。

王子の望みは一小王国を得て、自ら公正の政を施（し）き、政府の各部分を自らの眼で監視することであった。但し領土をどれほどにとどめるべきかを遂（つい）に決すること能（あた）わず、しかも臣下の数は刻々とふえていくのであった。

イムラックと天文家とは、我が身の針路を何ら特定の港に向けることなく、人生の流れのままに流されることに満足していた。

このようにそれぞれ胸に描いた望みも、所詮（しょせん）どれ一つ叶わぬ望みであることは皆よく解（わか）っていた。どうしたものか一同は暫（しばら）く考えていたが、結局洪水の引くのを待ってアビシニアに帰ろうと決心するのであった。

訳者あとがき

サミュエル・ジョンソン(一七〇九―一七八四)の面白さは作品の面白さよりも作者その人の面白さである、というのが古来の定評になっている。ジョンソンという人物は、英文学史の上でもちょっと類のない特異な存在で、体軀偉大、容貌醜怪――その醜怪さは「文壇のキャリバン」と綽名されたこともあったという。キャリバンは例のシェイクスピアの作『テムペスト』の中に出て来る野蛮畸形の奴隷である。事実どの本にもよく載せてある当時の名画家でジョンソンの親友でもあったサー・ジョシュア・レノルズ(一七二三―一七九二)の筆に成る肖像を見ても、蒼ぶくれのしたような肥大漢で、あまり気味のよい感じではない――それでいて識見高邁、よく人の上に立つ力量を有し、十八世紀後半の文壇に大御所然として君臨した。『ウェイクフィールド牧師物語』で明治以来我が国にも親しまれたオリヴァー・ゴールドスミス(一七二八―一七七四)にしろ、或いは『ローマ帝国衰亡史』で名高いエドワード・ギボン(一七三七―一七九四)にしろ、皆言わば彼の子分筋の文筆家で、彼の息のかかった存在である。当時の文壇に君臨しただけでなく、ジョンソンはまた英文学史上の巨星の一つとして今日でも色々と引合いに出され、人口にも膾炙(かいしゃ)している。一九一三年に出たジョン・ベイリーの伝記の中には彼を'national institution'と呼んでいる(この言葉はちょっと訳しにくい。国宝的存在ではちと訳語がよ過ぎるかも知れないが、少なくとも英国になくてかなわぬ存在の意味ではある)。しかしそれなら彼自身にどんな作品があるのかということになると、以下に挙げるように数は色々とあるけれども、そしてそれらの作にも色々と独自の長所はあるけれども、少なくとも彼の大御所的巨星的位置を正当化するような作があるとも思えない。結局最初に言ったように、作よりも人の魅力ということに帰するわけで、そこに彼の特異性があるのだと考えられる。

ジョンソンの年少の友で、ジョンソン五十四歳の時に初めて知り合ったジェイムズ・ボズウェル(一七四〇—一七九五)という男がある。右のジョンソン五十四歳の一七六三年、ボズウェルの方は二十三歳の青年であるが、以後ジョンソンが生を終えるまで、その言行を細大洩(も)らさず筆記しておき、ジョンソンの死後一七九一年に至ってそれらを材料に、有名な『サミュエル・ジョンソン伝』を纏め上げた。伝記文学の数は古来少なくないけれども、それらのうちでも最もユニイクな地位を占める作で、ジョンソンに対する全身的傾倒、三十年に近い長年月に亘る苦心、それに加うるにボズウェル自身のジョンソンとは異なる意味の個性、等々が物を言って、ちょっと他の追随を許さない名著になっている。次から次と新版も発行されて、今日なお最も博く読まれる書物の一つである。この伝記からよく聯想されるものは例のエッカーマン(一七九二―一八五四)の『ゲーテとの対話』であり、このエッカーマンの著も非常に有益な読み物であり、またゲーテ(一七四九―一八三二)という人を理解するのにこよなく貴重な文献であることには異存もあり得ないけれども、しかもボズウェルの物した『ジョンソン伝』が読み物として更に一段上に来るのは、その守り本尊に対する伝記者の傾倒、忠実さの外に、前に述べた伝記者自身の特異の個性のさせる業であると思われる。マコーレイ(一八〇〇―一八五九)はこの書を讃えて、「英雄詩人の第一人者は明らかにホメロス、劇作者の第一人者は明らかにシェイクスピア、雄弁家の第一人者は疑いもなくデモステネスであるが、伝記者の第一人者としてボズウェルが来ることはこれらにもまさって明らかなことである」と言っている。今日ジョンソンの名が依然として巨星的位置を保っているというのも、ジョンソン自身の作品に負うよりも、より多くその人柄に負っていることは前述の通りであるが、それにはこのボズウェルの書いた伝記がどれだけ大きな貢献をしているか判らない。

ボズウェルないしその後の多くの伝記者によって、ジョンソンの一生をざっとあたってみよう。

生まれたのは一七〇九年、場所は英国のリッチフィールドという所。父の職業は本屋であったが、大した店でもなかったらしい(後年、それはジョンソンの死ぬ年であるが、彼は大体次のようなことを或る人に語ったとボズウェルに見えている――「一度だけ私は父に従順でなかったことがある。私は父に従ってアトクセターの市場に行くことを拒んだのだ。拒絶のもとは私の自尊心であったが、これは思い出す度に苦の種になった。二、三年前、私はこの過失の償いをしたいと思い、非常に天気の悪い時にアトクセターに出かけて行って、雨の中を帽子もかぶらず、嘗て父の露店のあった場所に、相当時間立っていた。私は痛恨の念を抱いて立っていたが、この苦行は罪ほろぼしになったと考えている」)。母は賢夫人で子供の教育にも熱心であった。ジョンソンは幼時から病弱であったが、特に悪性の瘰癧に悩まされた。当時、瘰癧は王様の手で触ってもらえば治ると一般に信じられていたので(今でもこの病気のことを'king's evil'「王様の病気」と言う)、ジョンソンの母も我が子可愛さからわざわざロンドンまで出かけて、時の女王アンに触ってもらったということが伝えられている。後年の彼の醜貌もこのような病気と関係があったかも知れない(それと後年絶えず彼を悩ましたのは憂鬱病という奴であった)。

長じて小学校に学ぶ頃には既にその天才的に明晰な頭脳を示し始め、博覧強記、まことに抜群の優等生で、事ごとに儕輩や教師に舌を捲かせたと伝えられる。秀才であるのみならず、既に人の上に立つ器量が現われていたとみえて、毎朝登校時には仲間の子供が何人か家まで迎えに来て、三、四人で人馬を作ってその上にジョンソンを乗せて学校まで運んで行くのが常であったという話などもある。学校を出て大学進学前、学資の都合から三年ほど家にいたが、その間に彼は手あたり次第の書物を読み漁り、殊にラテンの古典には大いに親しんだ。そのうちに学資を出してくれるという人が出て、一七二八年オックスフォードのペムブルック・カレッジに入学したが、その入学の時に素晴らしい博識が試験官を驚かしたというのも有名な逸話である。が彼の学生生活は貧に迫られて、決して快適なものではなかった。これもどの伝記書にも引かれている逸話であるが、靴がないために聞きたい講義も聞きに出られず、やむを得ず自室に閉じ籠もっていると、誰か仲間の学生が同情して、ひそかに彼の室の扉の前に新しい靴を置いておいた。これを知ったジョンソンは烈火の如く憤ってその靴を抛り出したという。後に書くが、後年彼のパトロンたらむとした高名な貴族チェスターフィールド卿に絶縁状を叩きつけたという有名な事件があるが、そういう不羈独立の性格は既にここにはっきり見えているわけである。しかも学資の負担を約した後援者がその約束を果たさなかったので、ジョンソンは遂に学半ばにオックスフォードを去らねばならぬことになり、一七三一年校門を去って、故郷に帰った。間もなく父が死んだが、ジョンソンの手に入った遺産はわずか二十ポンドであったという。

この辺から暫くは彼の苦闘時代である。小学校の代用教員もやった。或る書店の相談役にもなった。また、この頃から彼の文筆も動き始めた。ジェスイット派の僧侶、ポルトガル人ロボー(Lobo)なる者の手に成る『アビシニア紀行』というものをフランス語から飜訳したのもこの頃のことである。これは彼の処女出版(一七三五年)であるが、後の『ラセラス』の物語がアビシニアの王子を主人公にしたのは、この若い頃の飜訳が大きな機縁になっていることは疑いない。

そのうちに彼は恋愛結婚をした。同じく一七三五年のことである。ジョンソン二十六歳、妻になった女性は四十六歳、しかも子供の多い未亡人というのであるから、これがジョンソン的であるかどうかはともかくとして、とにかく普通ではない。色々と酷評する者もあるようである(但しこの女性とは最後まで添い遂げた。妻の死んだのは一七五二年、ジョンソン四十三歳の時で、ジョンソンは心からこれを悲しんだ)。この妻の持って来た金でジョンソンは故郷の近くに学校を開いた。が募集に応じた生徒はわずかに三人であった(この三人の中には後年の名優デイヴィッド・ギャリック(一七一七―一七七九)がある)。この教師一人生徒三人の学校はそれでも一年半ほど続いたが、事業としては勿論失敗であった。

一七三七年になるとジョンソンは右の学校を畳み、書きかけの『アイリーニー』という悲劇を携えてロンドンに出た。何とか一旗挙げたいと思ったのである。この上京には同じ思いの同行者があった。外ならぬ右のギャリックである。ギャリックの方は幸運が待っていて、一七四一年には既に初舞台で名を成すことになるのであるが、肝腎のジョンソン先生はまだまだ芽が出ない。少なくとも生活的には窮迫時代が続く。文筆活動としては一七三八年に発表した長詩「ロンドン」は相当評判になった。時の大詩人アレグザンダー・ポウプ（一六八八―一七四四）も大いにこれを認めて、無名の作者ジョンソンのために或る大学の学位を得てやろうと尽力したことが伝えられている。尽力は失敗に帰したが、ポウプの肚は、そうでもしてやれば少しはジョンソンの生活が楽になるだろう、というところにあったのである。続いては一七四四年に『リチャード・サヴェジ伝』を世に問うた。これは後に、晩年の力作『英詩人列伝』の中にも収められたが、この伝記の主人公（一六九七?―一七四三）は、窮迫時代のジョンソンの親友の一人である。名門に生まれながら、母に疎まれて数奇な一生を送り、生活は放肆乱雑、世の常の道徳を省みず、しかも気宇博大、機智縦横、思いのままに詩人的天才ぶりを発揮した。ジョンソンはこの天才と肝胆相照らした仲であり、夜ふけのロンドンをうろつき廻って談論風発の快に酔ったこともしばしばであったから、一七四三年にこの友が借財のことから獄に投ぜられて獄死するや、間もなく筆を執ってこの伝をものした。右のような関係でもあったし、この作は二人の間の風変わりな交友の記録でもあり、また世に容れられなかった親友のために大いに弁じてやった形もあり、同情と理解に溢れた出色の読み物である（後の『英詩人列伝』にはミルトン（一六〇八―一六七四）その他の大詩人も入っていることは後述の通りであるが、伝記としての面白さではこのサヴェジ伝の右に出るものはないと言ってよいようだ)。

一七四七年ジョンソンは数名の出版業者と契約し、千五百ギニーの報酬を貰って、英語辞典を編纂することになり、まずその趣意書を発表した。これは一個人の仕事としては並々ならぬ大事業であり、数人の助手は使ったけれども、思ったほど簡単には進捗せず、結局出版できたのは一七五五年である。その間には他の作品が色々公にされた。一七四九年の諷刺詩「人間欲望の空しさ」(The Vanity of Human Wishes)は、『ラセラス』の物語と主題を同じくするものとして『ラセラス』の読者には注目すべきものである。同じ年、彼の処女作『アイリーニー』がドルアリー・レイン劇場で初めて日の目を見た。これは嘗ての教え子で今は名声赫々たる名優ギャリックの特別の好意によるものであるが、上演成績としてはみじめな失敗であった。ただこの上演が彼に三百ポンドの収入を齎し、苦しい彼の生活を大いにうるおして、ジョンソンを喜ばせたと言う。また、一七五〇年から五二年の三年間は、『ラムブラー』という週二回発行の新聞を自ら経営して、殆ど独力でその論説を書いたが、これは筆が生真面目に過ぎてさほどもてはやされなかった。一七五二年には前に言ったように年上の妻が死んだ。長い困窮時代を通じてジョンソンのこよなき理解者であったこの妻の死は、ジョンソンを非常に深い悲嘆に沈ませ、

『ラムブラー』もここで廃刊してしまうのであるが、やがて気を取り直した彼は、例の辞書の仕事に専念して、一七五五年に至ってこれを完成した。

この辞書の完成までの経緯には、前にもちょっと触れた有名なエピソードがある。初めジョンソンが趣意書を発表した時、彼はこれを、当時自他ともに文壇の庇護者と認めていたチェスターフィールド卿に献じたのであったが、ジョンソンとてもこの畢生の難事業と取り組むにあたって、この高名な貴族から有形無形に何らかの援助を得たいとは思ったのであろう。ところが相手の貴族の態度は冷淡なものであったから、ジョンソンはただ一人でこの難業にぶつかっていった。そのうちに辞書の完成近しと伝えられる頃になると、チェスターフィールド卿はこの大著を献呈される栄誉を担おうと考えて、掌を返すようにこれを賞讃し始めた。今度はジョンソンの方が冷然として、かの有名な絶縁状を叩きつけたのである。夏目漱石は『文学評論』の中で、文学者がパトロンというものから独立するに至る経路を説くのにこの手紙の一節を引合いに出している。その前置きに漱石はこんな事を言っている。「……彼が此窮境の中にあつて、あれ程思ひ切つた手紙を書いたかと思ふと二百年後の今日に至る迄ジョンソン其人の面影が偲ばれる。私は別にジョンソンが好きな訳でもない。文にも論にも、さう敬服するものでもないが、独り此チエスターフキールドに与へた書翰丈は昔し読んだ時から此講義をやる今迄感心してゐる……」如何にも漱石らしい。以下、問題のジョンソンの手紙も、漱石の訳でお目にかける(但しこの手紙はボズウェルの伝記において初めて公表されたのである)。

「嘗て御玄関脇に伺候致候ひしより、否御玄関先にて拒絶の命に接し候ひしより、はや七年を経過致候。小生は此七年の間依然として小生の事業を継続致候。其間如何なる困難に遭遇せしかは、愚痴の繰言とも覚召あるべければわざと差控え不申上候。此七年の辛抱にて、拙著は漸く出版の運びに至り候。寸毫の補助を受けず、一言の奨励を蒙らず、微笑の眷顧を辱ふせずして、漸く出版の運びに至り候。小生はいまだ庇護者の下に立ちたる経験なきもの故、庇護者よりかゝる御取扱を受けんとは全く小生の予期せざる所に候。……庇護者とは人の将に溺れんとする折を冷眼に看過し、漸く岸に泳ぎ付きたる折を見計つて、わざと邪魔ともなるべき援助を与へらるゝものに候や。小生の労力に対する御推賞は感謝の至に不堪ず候。たゞ其遅きに過ぎたるを憾みとするのみに御座候。今となりては難有く頂戴も出来かね候。貴人の推挽も世に知られざる時の事にて候。事実上何等の利益をも受けざる辺に向つて、謝意を告白せず候とも、又天命の加護によりて成就致し候ものを、一庇護者の為めなりと誤解せらるゝを忌み候とも、必ずしも皮肉なる小憤の結果とは存じ申さず候。今日迄自力にて事業を継続仕候以上は、此後は猶々他人の恩は蒙るまじき考に候。昔時左しも得意なりし希望の夢も、もはや醒め果て申候。」

この辞書そのものも英語辞書史の上に燦然たる光を放つ出来栄えと言われる。由来厖大な辞書というものは多数の学者が寄り集まって長い年月をかけて編纂するのが多いのであるが、ジョンソンが殆ど独力でしかも比較的短い日数のうちにこれを成し遂げたことは殆ど驚異に値する。しかも語句に与えた定義の中に、例えば燕麦を「イングランドにては普通馬に与うる穀物、但しスコットランドにては人間を支う」と定義し（ジョンソンがスコットランドを軽蔑していたことは有名である）、或いは'patron'を、「奨励し支持し庇護する者。通常、傲然として支持し、阿諛を以て報いらるる下司」としたような、如何にもジョンソンの人柄を思わせる傑作があるのはお愛嬌である。

辞書を完成させたジョンソンは、名声頓に上がったけれども、なお貧乏には付き纏われた。翌一七五六年にわずかの借財から逮捕の憂き目を見、友人リチャードソン（『パミラ』の作者（一六八九―一七六一）の好意で辛うじて放免されたとある。それかあらぬか、直ぐ次の大事業を計画して、この年自ら校註を施した『シェイクスピア全集』刊行の趣意書を発表、予約を募集した。シェイクスピアに関しては既に一七四五年マクベス研究の一端を発表して、当時斯界の権威であったウォーバートン(一六九八―一七七九)に折紙をつけさせていたし、その後も色々な労作によって次第に世に認められつつもあったから、この予約には応ずる者が多かった。がジョンソンはなかなかこの仕事にはかかり得ず、却って他の活動が続いた。一七五八年から六〇年にかけては前の『ラムブラー』に似た『アイドラー』という週刊の個人新聞を発行したし、一七五九年にはここに訳出した『アビシニアの王子ラセラスの物語』が出た。これはこの年九十歳の高齢で逝った老母の葬儀費用その他を得るために、一週間ばかりで書き上げたと言われている。一七六二年には某廷臣の斡旋により、ジョンソンは国王ジョージ三世から三百ポンドの年金を与えられることになった。多年ただの布衣の人として悪戦苦闘してきたジョンソンにとって、これは思いもかけぬ恩典であったが、例の辞書の中では、「年金」を定義して、「国を売る報酬として国家の雇われ者に与えられる給料」と書いている。ジョンソンたる者多少こだわらざるを得なかったが、結局中をとりなす者があってこれを受けることになり、ここに初めて彼の生活に或る程度の安定が得られる。ジョンソン時に五十三歳である。

翌一七六三年にボズウェルと相識ったことは前述の通り、一七六四年にはジョンソンを中心とする「文学クラブ」が設立された。ジョンソンの大御所ぶりはこの辺からはっきりしてくるわけである。このクラブには当代の代表的な頭脳が集まった。秀才の政論家で代議士にもなり、後年『フランス革命論』を著したエドマンド・バーク(一七二九—一七九七)、十八世紀後半の議会を牛耳って何度も台閣にも列したチャールズ・フォックス(一七四九—一八〇六)、画家サー・ジョシュア・レノルズ、名優ギャリック、文人オリヴァー・ゴールドスミス、或いは『ローマ帝国衰亡史』のエドワード・ギボン、等々、各方面の俊鋭英才が集まって、談論風発したのであるが、巧みな座談、博い人生経験、高い識見等の故を以て常にその中心となり、衆に一目も二目も置かせて、独裁者然と君臨したのが実に我がジョンソンであった。文壇に現われる作品の価値はこのクラブにおける評価次第できまり、選ばれてこのクラブの会員に加えられることは当時の知識人の最高の名誉となった(ボズウェルは後一七七三年に至って初めて会員に加えられた)。

前に予約を募集したシェイクスピアの新版は、初めの趣意書では翌一七五七年いっぱいに出るはずだったが、この頃になっても未だそのままであった。遂に一七六五年になっても音沙汰（おとさた）がないので、或る人が戯詩を発表してジョンソンをイカサマ師であると嘲罵（ちょうば）した。これが刺戟（しげき）になってジョンソンも重い腰をやっと持ち上げ、新版はこの年の十月に刊行された。この新版に付したジョンソンの序文は、シェイクスピア批評史上画期的な意味を持つ大文章であり、例えばオックスフォード大学出版 World's Classics 叢書（そうしょ）中の『シェイクスピア批評集』を編纂したＤ・ニコル・スミスの如きもジョンソンの斯界における功績を頗（すこぶ）る高く買っている。この序文と、更に原作に添えた批評註解の適切さがこの新版全集の価値を重からしめている。ジョンソン生涯の三大労作は、前の英語辞典、このシェイクスピア全集、それから後述晩年の『英詩人列伝』ということになるであろう。

この頃ジョンソンは豪商スレイル夫妻なるものと相識った。この夫妻は彼の晩年の生活に大きなうるおいを与えた人たちで、商人ではあるが理解深くたしなみあり、夫妻ともにジョンソンの人物に傾倒し、ロンドンの邸宅も田舎（いなか）の別荘も、孤独なジョンソンに開放して、その自由に使うに任せた。ジョンソンの方は、自分の家には寄辺（よるべ）ない老人だの気の毒な寡婦だのを四人も五人も抱（かか）え込んで小養老院よろしくの体（てい）たらくであったが、家を殆どその人たちの思うままにさせておいて、自分はスレイルの方に入（い）り浸（びた）り、そこで夫妻の好意のままに、何の気兼(きがね)もなく自由に生活し自由に執筆し、或いは家族たちと食卓を囲みながら得意の雑談でその中心となったりした。名声は揚がる、年金は得る、クラブは出来る、スレイル一家の好遇に宛然(えんぜん)家庭の団欒(だんらん)に恵まれた形でさえあるのだから、妻は既になく子もないジョンソンではあるが、この頃に至って彼の身辺も漸く朗らかに順調になったと言えるわけである。

　更に一七六五年には思いがけずダブリン大学から法学博士の学位を贈られ、一七六九年には前年ジョージ三世によって創設されたロンドン王室芸術院(Royal Academy of Arts)の古典文学教授に任命され、ずっと後であるが一七七五年には母校オックスフォード大学からも法学博士の称号を贈られた(オックスフォードを卒業せずに終わったことは前に述べたが、その後一七五五年、即(すなわ)ち例の辞書出版の年に、彼は同大学から文学士の称号を与えられて大いに感謝していた)。

　一七七三年にはボズウェルに誘い出されてスコットランドからヘブリディーズ島方面に旅行し、帰来その紀行を纏めて『スコットランド西部諸島旅行記』として一七七五年出版した。ボズウェルの方も『ヘブリディーズ旅日記』を出したが、双方ともそれぞれ筆者の個性が出ていてなかなか愉快な読み物とされている。

ジョンソン最後の大事業は前にもちょっと言及した『英詩人列伝』である。これは本来は一七七七年にロンドン一流の書肆が幾つか合同でカウリー(一六一八―一六六七)以後の諸詩人の詩集を出版する計画があり、そこで書肆側が序文代りに各詩人の伝記執筆をジョンソンに依頼したことが始まりである。伝記は好きであるし、殊に時代の近い詩人たちになってくるとジョンソンならではの材料も沢山持ち合わせているし、彼は喜んでこれを引き受けた。初めは書肆側も、引き受けたジョンソンの方も、極く簡単な伝記のつもりであったらしいが、書き出してみると興も乗り、書きたいことは幾らでもあり、というわけで大部のものになり、詩集とは独立して、一七七九年に四巻、一七八一年に六巻、計十巻となって出版された。収めるところ前記カウリー、ミルトンから始まって、ジョンソンよりも若かったコリンズ(一七二一―一七五九)、グレイ(一七一六―一七七一)に至る五十二詩人の伝記と主要な作品の批評を含み、ジョンソンの性分ないし学識にぴったり合った仕事であった上に、筆の円熟したこともあって、まずジョンソン生涯の代表作を求めるならばこの評伝にこそ指を屈すべきであろう(詩人としての格から言っても、またジョンソンが与えた頁数から言っても五十二詩人中の大物たる、ミルトン、ドライデン〔一六三一―一七〇〇〕、ポウプの三人を伝した部分が福原麟太郎氏の解説註釈で研究社の英文学叢書に収められている)。

これ以後のジョンソンの周囲は頓に淋しくなる。ジョンソン自身の健康が大分衰えてきた上に、親しい友人が次々と死んで行く。一七八一年には前述の豪商スレイルも逝く。その死後、夫君よりはずっと年下であった夫人は、イタリア人の名もない音楽家ピオッチと恋に落ちて、ジョンソンの切なる諫止にも拘らず、遂に一七八三年この男と結婚した。のみならず諫止するジョンソンをうるさがって彼を疎遠にするようにさえなった。その後も蕭条たる人生の秋が暫く続くが、遂に一七八四年の十二月十三日という日に、親しい人々に看取られつつ、最後の息を引き取った。年七十五歳。遺骨はウェストミンスター寺院に埋葬された。

生涯の記述が思わず長くなった。次には彼の人柄、思想、持ち味等を説くべき順序であるが、それらは以上の記述からも或る程度窺われるであろう。例えばあのチェスターフィールド卿に与えた手紙の如きは彼の烈々たる独立不羈の精神を語って余りある。一方には奇行の多かったジョンソンの一面もある。色々の面が考えられるけれども、しかしジョンソンを多少読んでみて、或いはボズウェルの伝えるジョンソンを読んでみて、一番根本にあるものは何かと考えてみると、それは結局彼が苦労人であったということに落ちつくのではあるまいか。彼の思想は苦労人の哲学である。そこには読者の目を見張らせるような斬新（ざんしん）奇抜な思想は殆ど見られない。支配しているものは高度の常識であり健全性である。自らも多年陋巷（ろうこう）の窮迫生活を営んできて、その苦しい生活体験を通じて体得した人生哲学が彼の思想の基盤になっている。彼は夢を追うことはしない。「何処（どこ）に行っても人生は、忍ばねばならぬことのみ多く、楽しみは少ない」（本書五七頁）と彼は考える。しかしそれだからと言って彼は、この苦しい現実を逃避して夢想を馳（は）せようともしなければ、現実の社会を打倒して理想の国を建てようとするのでもない。あるがままの現実を現実として受け入れて、その範囲内で幸福に暮らそうとするのが彼の処世観である。生（なま）ぬるいと言えば生ぬるい。一つには彼の生きた時代がそういう時代でもあったろうが、所詮（しょせん）肌合いから言ってもジョンソンは、例えば十九世紀の詩人シェリー（一七九二―一八二二）のような理想家でも改革者でもなかったのである。

　こういう風に考えてくると、結局これは英国人に或る程度共通の、そうして英国以外の諸国人に余り見られない、いや見られないことはないけれども少なくとも英国以外ではあまり尊敬されない、一つの型であることに気がつく。言わばジョンソンは英国人ジョン・ブルの代弁者なのである。前にジョンソンは英国になくてかなわぬ存在だというベイリーの言葉を引用したが、それはこの辺に根拠を持つ。果然、フランスの英文学者テーヌ(一八二八—一八九三)あたりはジョンソンを少しも買っていない。あんなものの何処が面白いかという風である。夏目漱石も前に引用した通り、「文にも論にも、さう敬服するものでもないが」である。ジョンソンの面白さはその人柄にあると言うが、そのジョンソンも結局英国人のジョンソンでしかないのかも知れない。

それだけにまた逆に言えばジョンソンを解することは英国を知ることにもなりそうである。或いはジョンソンの作品を味わうことは英文学を味解することになるかも知れない。英国という国は古来今に至るまで、随分特異な、他国に見られないものを持った国である(全世界の住民を二分して、人類と英国人とすると言ったフランス人がある)。それは国民性の問題として昔から随分色々と論じられている大きな問題であるし、ここでその問題を取り上げようとは思わない。ただ僕は、何かの因果で英文学というものを読み出すようになって、初めのころ奇異の感に堪えなかったのは、この国の文学に青春の文学とでも名付くべきものの甚だ少ないことであった。何処の国だって文学の読者というものは、やはり若い者が一番多いのだろうと思う。そういう多勢の文学愛好者の魂を捕まえて離さないような作品が何処の国にだってある。ドイツには『ウェルテル』がある。ロシアにはツルゲーネフ（一八一八―一八八三）がある。フランスにはそれこそ枚挙に遑（いとま）がない。ただ英国にだけはそういうものがない。ハーディ（一八四〇―一九二八）だってスティーヴンソン（一八五〇―一八九四）だって青春の文学、情熱の文学ではない。その点甚だ物足らなかった、不思議だった。そのうちに少しずつ解説書のようなものを読んでいると、或る人は英文学はウィットとヒューマアの文学だと書いていた。或る人は英文学は大人の文学だと教えてくれた。成程（なるほど）そういうものなのかとも思ったが、さればとてそれで万事が割り切れたという感じはしなかった。尤（もっと）もこの点は今だってすべてが明快に割り切れているわけではない。英文学の正体は未だにすっかり判ってはいない。がこの青春の文学に乏しいということはやはり英文学の一つの大きな特徴だろうとは考えている。

　妙なところに筆がそれたが、話をジョンソンにかえしてみると、ジョンソンは英文学のこういう傾向を身を以て具現しているような作家ではないだろうか。『ラセラス』の一篇、色恋のことは一字だって出て来ない。こんな小説がまたとあるだろうか。あれだけの人物をあれだけの場面に布置しているのだから、例えば遍歴中のネカヤア姫に恋人の一人くらい出来てもよさそうである。王子ラセラスにだってそうである。或いは本筋には出さないとしても、せめて侍女ペクアーがアラビア人に誘拐されて長い間彼らの本拠に監禁されるあたりくらいには、恋の花をちょっと咲かせても作家冥利に尽きるわけでもあるまい。いや、それだけではない。若い兄妹が世の中を見て廻っての所感の一つ一つが、何と老成した考え方ばかりであることだろう。畢竟これこそ正に大人の文学の標本ではないだろうか。

しかしこういう常識性、苦労人的なところと相並んで(『ラセラス』には殆ど見えないけれども)ジョンソンには他面偏見と見るべきものも少なくない(微笑ましい実例は前掲、辞書の中の二、三の定義など)。ジョンソンという人物にはそういう矛盾が色々とあって、粗大漢と見える反面には不思議なほど情愛の深い点があり、人生に対して甚だ厳粛である一方に、独得のヒューマアにも富んでいる。なかなかこの短稿でその全貌を描き出すことのできない、複雑な魅力を持った人物と言う外はない。

『ラセラス』はジョンソンの物した唯一の小説であり、発表以来英国においては勿論、各国語に訳されて随分博く読まれている。内容は読まれる通りの教訓小説で、「幸いの谷」の単調さに倦んだアビシニアの王子王女が、幸福を求めて広い世間に出て行き、次から次と色々な人に逢い色々な事件に遭遇するが、結局幸福は得られないでもとの谷に帰って来るという筋は、象徴的に扱えば取りも直さず「青い鳥」の物語にもなるわけであるが、ジョンソンの筆法は飽くまで現実的であり観念的である。この小説の名が出るとき昔からよく引合いに出されるのはヴォルテール（一六九四―一七七八）の『カンディード』である。発表は殆ど同時で、『カンディード』の方がわずかに早い。しかも両書とも、当時流行の安易な楽天的人生観に反対の立場から書かれ、筋立てもまた頗る似通っている。ボズウェルの一七五九年の所には、この作でジョンソンの得た金額が初め百ポンド、後再版の時に二十五ポンドであったことを記した後に、こうある。「……この作は、彼が他に何一つ書かなかったとしても、彼の名を文壇に不朽ならしめたであろう。彼の著作にしてこの作ほど全ヨーロッパに博く普及したものはない。現代の諸国語の、全部とは言えないまでもその大部分に訳されている。……現世以外を見ようとしない者、人間は初め創られた状態から堕落して今日の状態になったのではないと主張する者には、この崇高な物語の教訓は何の役にも立たぬだろう。しかし正しく考える者、感受性の鋭敏な者は、この物語の持つ真実性と叡智とに、熱意と讃嘆とを捧げつつ耳を傾けるであろう。ヴォルテールの『カンディード』は楽天思想を論破するために書かれ、また物の見事にそれを成就している作であるが、その組立てにおいてジョンソンの『ラセラス』に不思議なほど似ている。あまりによく似ているので、私はジョンソン自身次のように言うのを聞いたことがある。『もしこれが模倣するだけの時間もないほどすぐ追い掛けて出版されたのでなかったなら、後から出た作の筋立てが前の作から取ったのではないと否定してみても無益だったろう』この両作の説く思想は同一で、つまりこの世には幸よりも禍(わざわい)の方が多いということであるが、両作家の意図は全く違っている。ヴォルテールの場合はどうも、徒(いたず)らな俗智を弄(もてあそ)び面白半分に宗教をやっつけて凱歌(がいか)を挙げ、神意の支配を否定せんとするものとしか思えないが、ジョンソンの方はこの世の事物の不満足さを示すことによって、人間の希望を永遠の事物に向けようとしたのである、云々(うんぬん)」

『カンディード』に対するボズウェルの評言は些(いささ)か我が仏を尊しとし過ぎて公平を失した嫌いがあり、諷刺小説としてのこの作の価値は相当高く買われねばならない。ジョンソンの方は頗る生真面目に論文でも書くような態度で話を進めているのに対し、ヴォルテールの方は才気煥発(かんぱつ)、諷刺や色どりを交(まじ)えて面白く話を運んでいる点に根本的な相違があるのである(これは結局両人の人柄の相違であり、少し大袈裟に言えば英文学と仏文学との分かれ目であるとも言えそうである)。

『カンディード』の舞台も途中で南米に飛んだりして読者を驚かすけれども、ジョンソンが『ラセラス』の主人公をアビシニアの王子にしてエジプトあたりを遍歴させたのもちょっと奇抜な趣向である。一体アビシニア(エチオピア)という国の名は、一九三四—三五年の頃イタリアとの間に紛争を生ずるまでは我々日本人の念頭には殆ど存在しなかったのであるが(日本人ばかりではない、珍し物好きのアメリカ人はあの頃友人同志の別れの挨拶に「アビシニア!」——I'll be seeing you! つまり「また逢おうぜ」の意に通わせたもの——という言葉を流行らせていたものだ)、ヨーロッパではどうだったのだろう。既に聖書にもエチオピア或いはエチオピア人という名は何度も出て来るし(例えば「エレミア記」十三章二十三節「エチオピア人その膚をかえうるか、豹その斑駁をかえうるか」の如き)、ブリタニカなどで調べてみてもこの国の起源は相当古いようであるが、さりとて一般のヨーロッパ人がこの国について知識や関心を持っていたとは考えられない。十五世紀の末頃からはポルトガル人が頻りに往来したことが物の本に見えているが、それが尾を引いて前記ロボーの『アビシニア紀行』ともなったのであろう。

これを二十代のジョンソンが仏訳から重訳し、延いては『ラセラス』の舞台がアビシニアに置かれる機縁ともなったわけであるが、アビシニアという地名はやはり一般の読者には充分にエグゾティックな響きを持っていたことと想像される。しかしこの辺がジョンソンのロマンティシズムの限界であろう(ラム(一七七五—一八三四)の『エリア随筆』中有名な焼豚の話にやはりアビシニアが引合いに出されている。これも僻遠な蛮地としてである)。

*

最後に、日本で出版されたジョンソン関係の文献を挙げておく。但し単行本だけであり、教科書用飜刻版は含まない。

一、内田貢(魯庵)『ドクトル・ジョンソン』(「拾貳文豪」叢書、号外)民友社、明治二十七年。

二、文学士上田敏校閲、芝野六助訳述『王子羅世刺斯伝』大日本図書、明治三十八年。

三、小椋晴次解説註釈『*The Life of Samuel Johnson* by J. Boswell』(抄)(英文学叢書)研究社、昭和六年。

四、石田憲次『ジョンソン博士とその群』研究社、昭和八年。
五、鈴木二郎訳、ジョンソン『祈禱と黙想』一粒社、昭和八年。
六、石田憲次・鈴木二郎『ヂョンスン』(英米文学評伝叢書) 研究社、昭和九年。
七、神吉三郎訳、ボズウェル『サミュエル・ヂョンスン伝』(抄)(岩波文庫) 全三巻、岩波書店、上巻昭和十六年、中巻昭和二十一年、下巻昭和二十三年。
八、福原麟太郎解説註釈『*The Lives of the English Poets by S. Johnson*』(抄)(英文学叢書) 全三巻、第一巻ミルトン、第二巻ドライデン、第三巻ポウプ、研究社、昭和十八年。

なお洩(も)れたものもあるかも知れない。大方の御示教を得たい。右のうち一と五は未だ寓目の機を得ない。二の存在も実は知らずにいて、『ラセラス』の訳は日本で初めてのつもりでとりかかったのだが、訳業半ばに友人から教えられ、一応訳稿の成るのを待って借覧対照して見た。時代が時代だけに全文文語体でところどころ圏点がつけてあり、なかなか簡素雄勁(ゆうけい)な文章である。誤訳はところどころあるが、その反面、僕の方が誤解していてこの先人に教えられた所が一カ所あった。記して敬意を表する。三、四、六、八にはこのあとがきを書くにあたってそれぞれ多少とも恩恵を受けた。これも感謝の意を記しておきたい。

一九四八年一月三一日

訳者

なお使用のテクストはEveryman's Library 中の *Shorter Novels*, Volume III. Eighteenth Century (London : J. M. Dent & Sons, 1930)――*Rasselas* の他に Horace Walpole の *The Castle of Otranto* と William Beckford の *Vathek* とを収む――所収のものであるが、この版には四、五カ所誤植がある。それらは、R. W. Chapman 編 *The History of Rasselas, Prince of Abyssinia*, Oxford : The Clarendon Press, 1927 及び Arthur Murphy 編十二巻の『ジョンソン全集』(一八〇一年)(第一高等学校――現東大教養学部――所蔵)第三巻所収のテクストによって補った。

新版によせて

この『ラセラス』訳は、一九四七年の仕事で、翌四八年(昭和二十三年)九月に東京の思索社から刊行されたが、間もなく同社がつぶれたためにそのまま長い間眠っていた。このたび吾妻書房主杉浦勝郎君のすすめによって、ふたたびこれが日の目を見るめぐりあわせになったことは、訳者としてもまことにうれしい。杉浦君は私の中学時代の級友であり、出版の方では地味ながらまじめな仕事をずいぶん長くつづけて今日に至っている。私の『ラセラス』も、ちと僭越ながら所を得たと言うべきであろうか。

訳文はこの機会に全部目を通したが、仮名づかいを改め、文意の通りにくそうな所をいくつかなおした以外は、概ね最初の形を踏襲した。あまり現代ふうにしてしまってもジョンソンらしさがなくなりそうな気がしたからでもある。「あとがき」もあえて書きなおすことをしなかった。多忙もあるが、生みの子への感傷的ななつかしさも多少はたらいたかも知れない。ただこの機会に、「あとがき」の最後につけた文献目録の補遺を加えさせてもらうと、一よりも古く

犬山居士(草野宣隆)訳『王子羅西拉斯伝記』奎文堂、明治十九年。

というのがある。これは木村毅、斎藤昌三両氏の『西洋文学飜訳年表』に見えるもので、私自身は未見である(戦後、国会図書館から刊行された『世界文学翻訳年表』には、明治十九年二月の項に『王子羅世拉斯伝記』二冊、丈山居士(草野宜隆)、奎文堂、と見える。いずれが正しいか証しがたいが、この国会図書館の年表が全体としてかなり杜撰なことだけははっきり言える)。それと、二と三の間に

坂本栄吉訳『ラセラス王子物語』内外出版協会、明治四十二年。

というのを同じ国会図書館の年表によって補う。また、八の後に

吉田健一訳、ジョンソン『シェイクスピア論』思索社、昭和二十三年。

というのをつけ加えたい。本書「あとがき」にも触れた、ジョンソンのシェイクスピア批評の言葉を訳出したものである(これも国会図書館の年表には違った記載になっている)。ほかに福原さんの『ジョンソン評伝』(研究社)は、予告されて久しいが、まだ活字にならないようで大変残念である。* そのほかに脱漏があれば御教示にあずかりたいと思う。

一九六二年盛夏

朱牟田夏雄

＊その後、一九七二年に研究社の新英米文学評伝叢書の一冊『ヂョンソン』として刊行された。

（岩波文庫編集部）

〔補足〕なお、その後、二〇一一年四月現在までに刊行された主なジョンソンの翻訳書には次のようなものがある。

『ミルトン伝』朱牟田夏雄訳、『世界批評大系1　近代批評の成立』筑摩書房、一九七四年、所収。

『サヴェジ伝――ある頽廃詩人の生涯』諏訪部仁訳、審美社、一九七五年。

『サヴェジ伝』中川忠訳、私家版、一九七五年。

『シェイクスピア論』吉田健一訳、創樹社、一九七五年。

『シェイクスピア序説』（シェイクスピア論シリーズ5）中川誠訳、荒竹出版、一九七八年。

『ジョンソン博士の詩――「ロンドン」・「人間の望みの空しさ」評論と対訳』芝垣茂著訳、開窓社、一九八五年。

『テネリフの隠者・セオドーの夢――サミュエル・ジョンソン随筆集』泉谷寛訳、あぽろん社、一九九一年。

『ポウプ伝』中川忠訳、あぽろん社、一九九二年。

『永遠の選択――サミュエル・ジョンソン説教集』泉谷寛訳、聖公会出版、一九九七年。

『ドライデン伝』中川忠訳、あぽろん社、二〇〇六年。

『スコットランド西方諸島の旅』諏訪部仁ほか訳、中央大学出版部、二〇〇六年。

『イギリス詩人伝』小林章夫ほか訳、筑摩書房、二〇〇九年(「エイブラハム・カウリー」「ジョン・ミルトン」「ジョン・ドライデン」「リチャード・サヴェッジ」「アレグザンダー・ポープ」「ジョナサン・スウィフト」「トマス・グレイ」の七篇を収録)。

また、ボズウェルのジョンソン伝の完訳として次の本が刊行されている。

『サミュエル・ジョンソン伝』全三巻、中野好之訳、みすず書房、一九八一―一九八三年。


(岩波文庫編集部)

〔編集付記〕

本書の底本には、ジョンソン作／朱牟田夏雄訳『幸福の探求――アビシニアの王子ラセラスの物語』(吾妻書房、一九六二年刊)を用い、ジョンソン作／朱牟田夏雄訳『幸福の探求――アビシニアの王子ラセラスの物語』(思索社、一九四八年刊)を参照した。

このたびの文庫化に際し、読み仮名や送り仮名等の表記上の整理を行なった。

本書中に差別的な表現とされるような語が用いられているところがあるが、訳者が故人であることも鑑みて改めなかった。

(二〇一一年四月、岩波文庫編集部)

幸福の探求 ──アビシニアの王子ラセラスの物語
サミュエル・ジョンソン作

2011年5月17日　第1刷発行

訳　者　朱牟田夏雄

発行者　山口昭男

発行所　株式会社　岩波書店
〒101-8002 東京都千代田区一ツ橋 2-5-5
案内 03-5210-4000　販売部 03-5210-4111
文庫編集部 03-5210-4051
http://www.iwanami.co.jp/

印刷・三陽社　カバー・精興社　製本・桂川製本

ISBN 978-4-00-322144-0　　Printed in Japan

読書子に寄す

――岩波文庫発刊に際して――

岩 波 茂 雄

真理は万人によって求められることを自ら欲し、芸術は万人によって愛されることを自ら望む。かつては民を愚昧ならしめるために学芸が最も狭き堂宇に閉鎖されたことがあった。今や知識と美とを特権階級の独占より奪い返すことはつねに進取的なる民衆の切実なる要求である。岩波文庫はこの要求に応じそれに励まされて生まれた。それは生命ある不朽の書を少数者の書斎と研究室とより解放して街頭にくまなく立たしめ民衆に伍せしめるであろう。近時大量生産予約出版の流行を見る。その広告宣伝の狂態はしばらくおくも、後代にのこすと誇称する全集がその編集に万全の用意をなしたるか。千古の典籍の翻訳企図に敬虔の態度を欠かざりしか。さらに分売を許さず読者を繋縛して数十冊を強うるがごとき、はたしてその揚言する学芸解放のゆえんなりや。吾人は天下の名士の声に和してこれを推挙するに躊躇するものである。このときにあたって、岩波書店は自己の責務のいよいよ重大なるを思い、従来の方針の徹底を期するため、すでに十数年以前より志して来た計画を慎重審議この際断然実行することにした。吾人は範をかのレクラム文庫にとり、古今東西にわたって文芸・哲学・社会科学・自然科学等種類のいかんを問わず、いやしくも万人の必読すべき真に古典的価値ある書をきわめて簡易なる形式において逐次刊行し、あらゆる人間に須要なる生活向上の資料、生活批判の原理を提供せんと欲する。この文庫は予約出版の方法を排したるがゆえに、読者は自己の欲する時に自己の欲する書物を各個に自由に選択することができる。携帯に便にして価格の低きを最主とするがゆえに、外観を顧みざるも内容に至っては厳選最も力を尽くし、従来の岩波出版物の特色をますます発揮せしめようとする。この計画たるや世間の一時の投機的なるものと異なり、永遠の事業として吾人は微力を傾倒し、あらゆる犠牲を忍んで今後永久に継続発展せしめ、もって文庫の使命を遺憾なく果たさしめることを期する。芸術を愛し知識を求むる士の自ら進んでこの挙に参加し、希望と忠言とを寄せられることは吾人の熱望するところである。その性質上経済的には最も困難多きこの事業にあえて当たらんとする吾人の志を諒として、その達成のため世の読書子とのうるわしき共同を期待する。

昭和二年七月

岩波文庫の最新刊

和辻哲郎
日本倫理思想史 (一)

古代から近代に至る、倫理思想の展開と社会構造の変遷を描いた壮大な通史。近代日本の思惟の可能性と困難を照らす生きた史料。(注・解説＝木村純二、全四冊)〔青一四四-一四〕 **定価一一三四円**

T・S・エリオット／岩崎宗治訳
四つの四重奏

「空ろな人間たち」から『灰の水曜日』、そして『四つの四重奏』へ。宗教色を次第に濃くしていったエリオットの後期の詩作の歩みを、詳細な訳注とともにたどる。〔赤二五八-三〕 **定価八八二円**

米川良夫・和田忠彦訳
カルヴィーノ アメリカ講義
—新たな千年紀のための六つのメモ—

これからの文学に必要なもの——それは「軽さ」「速さ」「正確さ」「視覚性」「多様性」……である。疲弊した現代文学を甦らせる処方を語るカルヴィーノの遺著。〔赤七〇九-五〕 **定価八八二円**

長谷川如是閑
ふたすじ道・馬 他三篇

スリの少年、女工の姉さん、頑固な親方や失職軍人——鋭い筆鋒で明治から昭和を生きた言論人、如是閑の小説がえがく東京下町はその原風景である。(解説＝飯田泰三)〔青一七六-三〕 **定価六九三円**

D・O・ヘッブ／鹿取廣人、金城辰夫、鈴木光太郎、鳥居修晃、渡邊正孝訳
行動の機構 (上)
—脳メカニズムから心理学へ—

こころの働きと神経シナプスの関わりを論じた書として研究史上きわめて重要な作品。上巻では、問題設定から、知覚や学習行動の神経機構について論じる。(全二冊)〔青九四七-一〕 **定価九八七円**

……今月の重版再開……

T・S・エリオット／矢本貞幹訳
文芸批評論
定価六三〇円
〔赤二五八-一〕

和辻哲郎
鎖国 (上)(下)
—日本の悲劇—
定価各九四五円
〔青一四四-三・四〕

飯田泰三・山領健二編
長谷川如是閑評論集
定価九四五円
〔青一七六-一〕